TO

ワゴンに乗ったら、みんな死にました。

黒田研二

JN108857

TO文庫

目次

第1章　覚醒……9
第2章　夢鴉……33
第3章　囚人……60
第4章　告白……81
第5章　襲撃……105
第6章　殺意……128
第7章　疑心……149
第8章　怨念……175
第9章　暴走……212
最終章　贖罪……238

ワゴンに乗ったら、みんな死にました。

くろ髪の千すぢの髪のみだれ髪かつおもひみだれおもひみだるる

与謝野晶子

第1章　覚醒

1

ねえ、拓磨。

休日になると必ず訪れるコーヒーショップ。蜂蜜がたっぷり塗りつけられたパンケーキを頬張りながら、舞衣がこちらに視線を向ける。

夢だということはすぐにわかった。いつも満員であるはずの店には、僕たち以外、誰の姿も見当たらないし、舞衣が好んでつける香水の香りも漂ってこなかったからだ。

いや、そもそも彼女自体がこの世界にはすでに存在しなかった。

このあと、どうしよっか？

最後のひときれを食べ尽くすと、舞衣は幸せそうな笑顔を崩さずにいった。

映画でも観る？　ほら、なんだったっけ？　先週封切られたゾンビがいっぱい出てくるヤツ。拓磨、観たいって話してたじゃない。

万力で締めつけたられたかのような痛みに、胸が苦しくなる。脳裏に、事故直後の彼女の姿がよみがえった。

どうしたの？

僕の変化に気がついたのか、右手にフォークを握ったまま、舞衣が身を乗り出してくる。

僕と視線が絡み合ったその瞬間、彼女の表情は一気にこわばった。

苦しそうなうめき声と共に、顔の右半分が醜く押しつぶされる。チャームポイントであるはずの八重歯が、下唇を突き破ってあらぬ場所から飛び出した。ワインのコルクが抜けたような音と共に、充血した眼球がこぼれ落ち、同時に眼窩から真っ赤な液体が勢いよく噴出する。

なに、これ？　ねえ、拓磨。私、どうなっちゃったの？

喉をかきむしりながら、舞衣は問いかけてきた。しかし、僕はただ怯えるだけで、なにひとつ答えることができない。

ねえ、なんなのこれ？　なにがあったの？　イヤだ、真っ暗だよ。なんにも見えない。痛いよ、拓磨。苦しいよ、拓磨。

自分の叫び声で目を覚ます。

周囲の様子を確かめずに上半身を起こしたため、額を強くぶつけてしまった。うめき声を漏らしながら、頭を押さえる。ぶつけた痛みとは別に、二日酔いに似た鈍痛が頭の内側から響いた。

「あ、起きた」

視界に見知らぬ少年の姿が飛び込んでくる。

「オバちゃん！　兄ちゃんが目を覚ましたよ」

金色に染めた髪を後ろに撫でながら、彼は大声を張りあげた。見た目は高校生くらいだが、まだ声変わりをしていないのか、鼓膜にきんきんと響く甲高い音を出す。その不快な響きに、ますます頭が痛くなった。

顔をしかめ、頭痛に耐えながら周囲を見回す。

僕はかびくさいにおいが漂うワゴン車の中にいた。運転席と助手席のほかに、二人掛けの座席が四列。最後列は四人掛けのベンチシートとなっており、どうやらその端で眠っていたらしい。

記憶が混乱する。

ここはどこだ？　なぜ、僕はこんなところにいるのだろう？

「なあ、オバちゃんってば！」

前の席の背もたれから顔を出し、僕の様子をうかがっていた少年が、さらに大きな声を出した。彼の言葉に反応し、後部座席のスライドドア近くに集まっていた三人が、いっせいにこちらを振り返る。

「オバちゃんって、もしかしてあたしのことかい？」

僕の母親くらいの年齢と思われる、紺色のブレザーを身につけた女性が、口をとがらせた。

「ああ、そうだよ。決まってんじゃん」

背もたれから身を乗り出した状態で、顔だけを彼女に向けて少年は答える。

「だって、ほかにオバちゃんなんていないだろ？」

「まったく……それが今日初めて顔を合わせた目上の女性に対する態度かねえ」

オバちゃんと繰り返し呼ばれたことがよほど勘にさわったのか、眼鏡のフレームを何度も押し上げながら、彼女は声を荒らげた。

「ねえ、坊や。さっきも注意したと思うけど、もう少し口の利き方に気をつけたらどうだい？」

「へえい」

少年は首をすくめると、こちらへ向き直り、僕に長い舌を出してみせた。

「まったく……どんな教育を受けてきたんだか、親の顔が見てみたいよ」

目尻を吊り上げて憤《いきどお》る中年女性の後ろで、顔の半分がひげで覆われたレスラー体型の大男がにやにやと笑っている。彼が着込んだ緑色のツナギには、有名な運送会社のロゴが刺繍《ししゅう》されていた。

ひげ男の隣には真っ白なブラウスと膝までのスカートをまとった、線の細い女性が立っている。肌の色は身に着けた衣服以上に白く、透けて向こうが見えるのではないかと疑ってしまうほどだった。腕、腰、脚――すべてのパーツがとにかく細い。たぶん隣の大男なら、右手一本でひねりつぶすことも可能だろう。

「あんた、ずいぶんとうなされていたみたいだけど、具合はどう？　気持ち悪かったりしないかい？」

眼鏡の女性が、こちらへ歩を進めながら訊く。

「あ、はい。大丈夫です」

自分のかすれた声に驚いた。風邪でもひいたのか、喉の奥がずいぶんといがらっぽい。口の中はからからに乾き、なんだか少し苦い味がした。

「自分の名前と年齢。あと、今日が何日だかいってみな」

「犬塚拓磨、二十歳。今日は……十月二日ですよね？」

昨日から大学の後期授業が始まったはずなので、たぶん間違っていない。

「うん。どうやら、心配はいらないみたいだね。どこか、痛むところはあるかい？」

「喉と頭が少しだけ」

「ああ、それは問題ないよ。みんな、同じだったから。たぶん、吸入麻酔薬の副作用だろうね。時間が経てば、じきに治まる。ほら、水を飲んで」

彼女は金髪少年の横に置いてあった段ボール箱の中からミネラルウォーターのペットボトルを一本取り出すと、僕に差し出してきた。

「あ……ありがとうございます」

ペットボトルを受け取り、一気に中身を飲み干す。僕の身体はずいぶんと乾いていたらしい。水はまったく冷えていなかったが、それでも充分に美味しく感じられた。

ミネラルウォーターを飲み、人心地ついたところでようやく、僕は眼鏡の女性が口にした言葉にひっかかりを覚えた。

「……麻酔薬っておっしゃいましたよね？」

彼女は僕のほうに視線を向けたまま、無言で頷いた。

「なんですか、それ？」

「目覚める前の出来事を思い出してごらん」

「……え？」

首をひねる。眼鏡の女性から視線をそらし、もう一度周囲に目をやった。

金髪の少年も、ひげ面の大男も、細身の美女も、興味津々な様子で僕のほうを見つめていた。

2

高校時代の同級生から電話がかかってきたのは、昨日の夜遅くのことだった。

同級生といっても、一年間クラスが同じだったというだけで、挨拶程度しか交わしたことのない間柄だ。正直、名乗られても、最初は誰のことだかまったくわからなかった。

——明日から就職説明会があってさ。俺、今週いっぱい東京にいる予定なんだけど。

戸惑う僕のことなどまるで意に介さぬ口調で、彼は一方的にしゃべり続けた。

——せっかく都会へやって来たんだから、あちこち遊び歩かなきゃもったいないと思って。でも俺、田舎者だろ？　いざとなるとためらっちゃってさ。このままホテルにこもってるだけの毎日じゃつまんねえなあとため息ついてるときに、関東の大学へ行ったおまえのことを思い出したんだ。なあ、明日の午後、空いてないか？　昼飯くらいならおごるからさ。東京のお薦めスポットをいろいろと教えてくれよ。

先月からずっと、大学の講義をサボってファミレスのバイトにばかり勤しんでいる。本当はひたすら働き続けたかったのだが、『休みをとってもらえないか』と突然店長にいわれ、その日はたまたま予定が空いたところだった。

とくに断る理由もなかったため、僕は同級生の誘いを受けることにした。六畳間のアパートでひとりぼんやり過ごす休日はつらい。舞衣と過ごした日々を思い出し、涙するであろうことは目に見えていた。

そう――僕の運転する車が事故を起こして舞衣がこの世を去ってから、早くも二ヵ月が経過するというのに、僕は今もまだ悲しみの渦中から脱け出すことができずにいる。友達の前では明るくふるまい、サークル活動やアルバイトには、それまで以上の積極さで打ち込んでいたが、実際には僕の中の時計は、あの日で止まったままだった。

「同級生に指定されたのは、自宅から五十キロほど離れたところにある寂《さび》れた倉庫でした。東京の案内といいながら、なんでこんな場所へ呼び出したんだろう？　と疑問に感じながら中へ入った途端、急に後ろから羽交い絞めにされ、口に酸素マスクのようなものを押し当てられて——」

僕は目の前の四人に、ありのままを説明した。

「甘いにおいのするガスを吸い込んだら、いきなり目の前が暗くなって、気がついたらここにいたんです。ああ、そうか。あのときのガスが麻酔薬だったんですね」

よくよく考えてみれば、大事件だ。僕は何者かに拉致《らち》され、ここへ運ばれてきたことになる。しかし、みんなの反応は薄く、僕の話をあらかじめ予想していたようにも思われた。

「……もしかして、皆さんも？」

「うん、そう」

僕の質問に間髪入れず答えたのは、金髪の少年だった。

少年は何度も髪を撫でながら——それが彼の癖なのだろう——矢ロジュンと名乗った。

「最初に断っておくけど、このダサい格好はオレのセンスじゃないからね」

身につけた黒いTシャツをつまんで、唇を突き出す。

「目が覚めたら、こんなものを着させられていたんだ。なんだか少し濡れてるし、身体もべとべとするし、気持ち悪いったらありゃしない」

「あんたの服装のことなんてどうでもいいんだよ。あとがつかえてるんだから、さっさと話しちゃいな」

眼鏡の女性に急かされ、彼――ジュンは続けた。

「オレはさ。ふくろうちゃんたちが映画撮影にやって来るって情報を、いつもチェックしているネットの掲示板で仕入れたから、これはチャンスとばかりに、あの倉庫へ向かったんだ」

ふくろうちゃんというのは、ジュンの地元で結成された六人組の高校生アイドル――チームふくろうのことらしい。

「学校が終わったあとすぐに、バイクをかっ飛ばしてやって来たっていうのに、ふくろうちゃんどころかスタッフの姿も見当たらない。ガセ情報をつかまされたなとあきらめて帰ろうとしたら――あとは兄ちゃんと同じ。ガスを吸わされて気がついたらこの車の中に寝かされてたってわけ」

口の端を歪めながら、ジュンは落ち着きなく答えた。

「オバちゃんもオレや兄ちゃんと一緒。騙されて倉庫にやって来たら――」

「坊や。いい加減、そのオバちゃんってのをやめてもらえると嬉しいんだけど」

眼鏡の女性が諭すようにいった。あくまでも口調は穏やかだが、よく見るとこめかみのあたりがひくひくと痙攣《けいれん》している。

「だってオレ、オバちゃんの名前を知らないもの」

「神田暢子。神田正輝の神田に秋野暢子の暢子と書いて『のぶこ』。ちゃんと覚えといてもらえる？」

早口でまくしたてる彼女——神田さんを見て、ジュンは形よく整えられた眉をひそめた。例として挙げられた人物にぴんと来なかったのだろう。それは僕も同様だった。

「神田さんも、あの倉庫でガスを吸わされて、気がついたらここに？」

目の前の二人の間に漂うぎすぎすとした空気を一掃しようと、僕は彼女に話しかけた。

「ああ、そうだよ」

神田さんがため息まじりに答える

「あたしは個人経営の診療所で長年看護師をやっているんだけど、うちで働かないかと総合病院の院長さんにたまたま声をかけられてね。今のところより給料も格段によかったし、とりあえず話だけでも聞いてみようかと、院長さんに指示された場所へやって来たら、このありさま。もうなにがなんだかわけがわからなくて」

あとの二人も、事情はほとんど変わらなかった。

レスラー体型の大男は長谷部緑朗と名乗り、トラックの運転手をしているのだと語った。得意先から依頼を受け、指定された場所へやって来たところで、やはり同じ目に遭ったらしい。腕力には自信があるそうだが、突然のことでなんの抵抗もできなかったという。あの麻酔薬はわずかに吸い込んだだけで、すぐに意識が朦朧《もうろう》となるほどの即効性を持っていた。不意をつかれたのであれば、確かにどうすることもできなかっただろう。

色白の美女は遠藤ほのか。春に短大を卒業したばかりで、今は食品関係の会社のOLをやっているそうだ。今朝、自宅から職場へ向かう途中に、人通りの少ない路地でいきなり何者かに襲われたとの話だった。

ひととおりの説明を聞き終えると、僕は左手首にはめた腕時計に視線を落とした。午後三時を数分回っている。僕が倉庫で襲われたのは正午過ぎだったから、驚いたことに三時間近くも眠っていたことになる。

窓の外へと視線を移す。僕たちを乗せたワゴンは、だだっ広い空き地のほぼ中央に停まっていた。

あたり一面に生い茂った雑草が、ダンスでも踊るかのように、シンクロして揺れている。地平線近くには真新しい家が立ち並んでいたが、それだけではここがどこであるか判断のしようがない。

心臓が音を立てて跳ねる。激しい胸騒ぎを覚え、僕は再びみんなのほうへと向き直った。

「すぐに逃げましょう」

立ち上がり、そう口にする。

「麻酔ガスを吸わせて意識を奪うなんて、明らかな犯罪行為ですよね？　これって要するに拉致事件じゃありませんか。このままここにいたら、どこへ連れて行かれるかわかったものじゃありません。犯人が戻ってくる前に、早く逃げ出さないと」

「もちろん、俺らだってそうしてえよ。だけど、ダメなんだ。ドアがびくとも動かねえんだからな」

そう口にしたのは長谷部さんだった。スライドドアのレバーに手をかけ、乱暴に引っ張るが、彼のいうとおり、いっこうに開く気配はない。

「一番最初に目を覚ました俺は、ここがどこか確かめるために、まず外へ出ようとしてみたんだがな。全然ダメ。安全ロックがかけられているのか、いくら力を入れてもさっぱり開かねえんだ」

ツナギのしわを伸ばしながら、彼はぶっきらぼうに答えた。

「運転席と助手席のドアも同じだ。なにか細工がしてあるらしく、開けることはできねえ。どうやら俺たち、このワゴンの中に閉じ込められちまったみてえだな」

長谷部さんの言葉を聞いて、彼の隣に立っていた美女——遠藤ほのかが怯えた表情を見せた。つかんだだけで折れてしまいそうなか細い二の腕をさすり、不安そうに目を細める。

すぐに助けを呼んだほうがいい。

そう思い、僕はパーカーのポケットに手を差し込んだ。しかし、いつもそこにあるはずの携帯電話は見つからない。

当然といえば当然だ。用意周到に僕たちを拉致した犯人が、そんなミスを犯すはずがなかった。たぶん、ここへ運び込まれる途中で抜き取られたのだろう。念のため、ほかの四人にも携帯電話の有無を確認したが、やはり持っている者はいなかった。

すぐには逃げ出せないことを悟った僕は、しかし次にとるべき行動をとっさに思い浮かべることができず、もやもやした思いを抱えたまま、再び座席に座り直した。

右手の指先にひんやりとしたものが触れる。そちらに目をやると、シートの上には古ぼけた本が一冊置かれていた。表紙には矢の刺さったハートと女性の横顔らしきイラストが描かれている。その下にはタイトルらしきものが記されていたが、日本語だということはわかるものの、あまりにも形が崩れていてなんと書いてあるかはよくわからない。

「……あなたの本ですか？」

すぐ近くで声が聞こえた。顔を上げると、いつの間にそばにいたのか、遠藤ほのかが僕の目の前に立ち、細くしなやかな指先をまっすぐ本に向けている。

「いや、違うけど」

慌ててかぶりを振る。本なんて漫画くらいしか読んだことがない。

「やっぱり、あなたのものでもないんですね。だとしたら、どうして？」

彼女はあごに手を添えると、細い眉を右側だけひそめた。

「なに？　そんなにも珍しい本なの？」

「珍しいなんてものじゃありません」

わずかに声のトーンがあがる。

「これ、『みだれ髪』の初版本ですよ。最初は複製かと思いましたが、鳳晶子名義の検印も入っていますし、おそらく本物でしょう」

ほのかは一気にまくし立てたが、僕にはなんのことやらさっぱりわからない。ただ、希少価値の高いものであることだけは、彼女の興奮した様子から推測することができた。

手垢がつかないよう気をつけながら、ぱらぱらとページをめくる。文字はなんとか解読できたが、書いてあることはなにひとつ理解できない。古い本のにおいが鼻腔《びくう》を刺激し、くしゃみがこぼれそうになった。

どうにも我慢できず、口に手を当てたそのときだ。

「あああああああっ！」

耳をつんざくような悲鳴が車内全体に響き渡った。

3

全員の視線が、声のしたほうを向く。

運転席のすぐ後ろ――スライドドアに一番近いシートから、勢いよく女性が立ち上がった。彼女は怯えた視線を、ドアの前に立っていた長谷部さんへと向ける。

「ようやく最後の一人がお目覚めか」

長谷部さんがあごひげを撫でながらいった。

意識を取り戻してから、一度も席を移動していない僕にはわからなかったが、どうやらこのワゴンにはもう一人、僕たちと同じ運命をたどってここへ運ばれてきた人物がいたようだ。

「誰よ、あなた？」

その女性の後頭部には琥珀色の大きな蝶がとまっていた。たぶん、髪留めなのだろう。彼女が大声をあげるたびに、蝶は小さく揺れ動いた。

「ここはどこ？　近づかないで！　一歩でもあたしに近づいたら殺すわよ！」

目覚めたばかりだというのに、ずいぶんと威勢がいい。ひどい頭痛でほとんどなにもしゃべることができなかった僕とはえらい違いだ。

隣の住人が飼っているポメラニアンのように、きゃんきゃんと吠え立てる彼女の様子を眺めるうちに気づいたことだが、あれほど激しかった頭痛はいつの間にやらすっかり治まっていた。

「ちょっと、落ち着いて」

職業柄、気持ちが不安定な人を見ると関わらずにはいられなくなるのだろう。それまでジュンにぐちぐちと説教を繰り返していた神田さんが、まっすぐポメラニアンのもとへと向かった。

強面の長谷部さん以外にも人がいることに気づき、少しは落ち着きを取り戻したらしい。目覚めたばかりの彼女は、狐につままれたような表情を浮かべ、

「なんなの、これ?」

情けない声を漏らした。

僕が意識を取り戻したときと同じように、全員の名前とこの状況に至った経緯を簡潔に説明する。

ポメラニアンに似た彼女は西園寺晴佳と名乗った。ウェーブのかかった赤い髪やボディラインのはっきりとわかる原色のキャミソールなど、格好はずいぶんと若かったが、ちょっとしたふるまいから、おおよその年齢はわかるものだ。おそらく三十は超えているだろう——僕はそんな目星をつけた。

保険会社から呼び出しを受けた彼女は、なんら疑うことなく、待ち合わせ場所として指定された倉庫へ赴《おもむ》き、そこで僕たちと同じようにガスを嗅がされたらしい。

ひととおりの自己紹介を終えたところで、ポメラニアンは再び甲高い声を発した。

「つまり、あたしたちみんな拉致されたわけでしょ? のんびりおしゃべりしている暇なんてないじゃない。ちょっと、どうするつもりなの?」

「だから、それを今からみんなで話し合おうとしているんじゃないか」

犬の機嫌でもとるかのように、神田さんはポメラニアンの背中を撫で、彼女をなだめにかかる。

「あたし、こんなところでのんびりしているわけにはいかないの。今日は夕方五時から旅行会社の人と会う約束が入っているし、夜は友達と歌舞伎を観に行かなくちゃならないし。早くなんとかしてもらえないかしら」

「晴佳さん、まずは落ち着こうか。そうだ。水でも飲んだら楽になるんじゃない？」

神田さんが手渡そうとしたペットボトルを、ポメラニアンは乱暴に払い落とした。

「いらないわよ、こんなもの！」

大声を張りあげる。

「なにが混ざってるかわかったものじゃないでしょ？　それにあたし、ミネラルウォーターはシャテルドンだけって決めているから」

声帯に負荷をかけすぎたのか、そこまでしゃべると彼女は激しく咳き込んだ。

「大丈夫かい？」

「さわらないで！」

肩に触れようとした神田さんを睨みつけ、ポメラニアンはさらに声を荒らげる。

「おい、有閑マダムさんよ。あんただけが被害者なわけじゃねえぞ。事情はみんな同じなんだ。とりあえず、そのやかましい口をふさいでもらえねえかな？」

不快に鼓膜を揺さぶるけたたましい鳴き声に、とうとう我慢できなくなったのだろう。腕組みをしたままスライドドアにもたれかかっていた長谷部さんが、低く凄みのきいた声を出した。

「な、なによ？　あなた、あたしを脅すつもりなの？」

しかし、彼の忠告は逆効果だったらしい。ポメラニアンの声はますます大きくなる。

「あなた、ホントはあたしたちを襲った犯人なんじゃないの？　そんな大きな図体をして、あっさり捕まっちゃうなんて考えられないもの。正直に白状しなさいよ」

「なあ、兄ちゃん。あれっていわゆる更年期障害ってヤツ？」

僕のほうを振り返ったジュンが、恐ろしいひとことを口にした。慌てて、彼の唇の前に人差し指を突き立てる。

ポメラニアンの様子をうかがうと、彼女は変わらぬ勢いでしゃべり続けていた。自分の声にかき消され、ジュンの発言は耳に入らなかったようだ。

「ぱっと見た感じ、なんの苦労もなく育ったお嬢様っぽいから、こんなことになって慌てるのも仕方ねえと思うけどさ、いい加減落ち着いてくんねえかな」

ドアの前を離れ、座席に近づこうとした長谷部さんに対し、

「動くなっていってるでしょ！」

ポメラニアンはなにやら黒く平ぺったいものを投げつけてきた。

「おっと」

長谷部さんは胸の前で、それを器用に受け止める。

「なんだ、これ？」

ポメラニアンが投げつけたのは、つい先日発売されたばかりのタブレット型PCだった。液晶画面を保護するカバーがキーボードにもなる優れものだ。

「これ、あんたのか？」

「知らないわよ。あたしが座っていたところに置いてあっただけ」

僕はすぐさま、全員の表情を確認した。そのタブレットに心当たりのある者は一人もいないようだ。ということは……。

「おっちゃん。電源を入れてみてよ」

僕と同じことを考えたのだろう。ジュンがシートから身を乗り出した。

「電源といわれても、俺、この手の機械はまったくわからねえからな」

「情けないねえ。あたしに貸してみな」

戸惑う長谷部さんからタブレットを奪い取ったのは神田さんだった。

「オバちゃん、使えるの？」

軽口を叩いたジュンをひと睨みすると、神田さんは迷うことなしに電源を入れた。

「バカにしないでもらえるかい？　最近の看護師はね、電子カルテというものを持ち歩いているんだよ。風邪ひとつひいたことのないあんたは知らないだろうけどね」

「なにそれ？　オレがバカだっていいたいわけ？」

「解釈はご自由に」

そこまでしゃべったところで、突然神田さんの表情は固まった。

タブレットの液晶画面を見つめたまま、震えた声で呟く。

「……なに、これ？」

『そろそろ全員、お目覚めの頃かな』

続いて、ここにいる六人以外の声が車内に響き渡った。

『手荒な真似をして申し訳なかった』

それはタブレットから発せられていた。おそらくボイスチェンジャーを使っているのだろう――男とも女とも判断のつかない声が、車内の空気をぴりぴりしたものへと変えてゆく。

僕は立ち上がると、神田さんのそばへ駆け寄り、彼女の肩越しにタブレットを覗き込んだ。

画面には、ホワイトマスクをかぶった人物が映っている。仮面はずいぶんと大きく、表情はもちろんのこと、顔の形や髪型さえもよくわからない。ただ、ぎらぎらと光り輝いた目だけが、僕たちのほうを鋭く睨みつけていた。

『気分はどうだい？　よく眠れただろうか？』

マスクをかぶったその人物はまったく動こうとしなかったが、時折まばたきをすることから、その映像が静止画ではなく動画であることがわかった。

「こいつがオレたちを襲った犯人？　ふざけやがって」

僕と同じようにタブレットを覗き込んでいたジュンが唇をとがらせる。

『私は《ゆめぬえ》。ドリームの夢に、妖怪の鵺と書く。今宵のナビゲーターだと思ってもらえればいい』

彼――彼女？　の背後には、顔が猿、胴体が虎、尻尾が蛇の薄気味悪い生き物を描いたポスターが貼りつけられていた。おそらく、それが鵺なのだろう。昔、古い映画かなにかで目にした記憶がある。

『矢口ジュン』

突然名前を呼ばれ、ジュンがぴくりと肩を震わせた。

『西園寺晴佳』

続いて、ポメラニアンの名前が呼ばれる。

『長谷部緑朗』

スライドドアのそばで戸惑いの表情を浮かべていた長谷部さんが、大きく目を見開いた。

『神田暢子』

「なんだい？」

神田さんが反抗心いっぱいの言葉を返す。しかし、それに対する返答はなく、

『遠藤ほのか』

仮面の人物――夢鵺は、僕の右隣からタブレットを覗き込んでいた彼女の名前を口にした。

『犬塚拓磨』

最後に僕の名が呼ばれる。わずかな間をおいて、夢鵺は次のひとことを口にした。

『君たち六人には、これからスリリングなドライブを楽しんでもらおう』

第2章　夢鴇

1

ドライブ。

夢鴇の発したその言葉に、僕は激しい嫌悪感を抱いた。先ほど見た悪夢を思い出し、全身が粟立《あわだ》ち始める。

「ドライブ？　なにをいってるんだか、わけがわかんないんだけど」

ちぎれんばかりに首を振り、ヒステリックな叫び声をあげたのはポメラニアンだった。

「見知らぬ人たちとドライブしてなにが楽しいっていうのよ。バカバカしい。あたしは忙しいの。一分一秒だって無駄にできないんだから、さっさとうちへ帰してもらえるかしら」

『一度しかいわないから聞き漏らさないように』

ポメラニアンのわめき声を無視して、夢鵺は先を続けた。僕たちの様子をモニターしつつ、リアルタイムで映像を配信しているわけではなく、あらかじめタブレットに保存された動画が再生されているらしい。電源を入れると同時に立ち上がるよう、セッティングされていたのだろう。

『これから君たちが向かわなければならないチェックポイントは、すでにカーナビへ登録済みだ。あとは、ナビゲーションが指示するとおりに進んでもらえばそれでいい。制限時間内に最終目的地までたどり着くことができたなら君たちの勝ち。全員を解放することを約束しよう』

「イヤ。あたしは絶対に行かないからね」

「しっ。静かに」

神田さんが強めの口調で、ポメラニアンを戒《いまし》める。

彼女以外に、無駄口を叩く者は一人もいなかった。みんな、夢鵺の言葉に意識を集中させている。ひとことでも聞き逃せば、それが命取りになるような気がしてならなかった。

『ただし、守ってもらいたいルールがふたつだけある』

いつの間にか、僕の手のひらはひどく汗ばんでいた。夢鵺の意図がまるでつかめず、不安感ばかりが無駄に増幅していく。

『まず、ひとつめ。カーナビで指示されたルートを必ず走行すること。ふたつめ。ウィンドウやドアを無理やりこじ開けようとしないこと。制限時間内にチェックポイントへ到達できなかった場合、および定められたルールが破られた場合には、エンジンルームに仕掛けられた爆弾が爆発するのでそのつもりで』

実際に誰かが声をあげたわけではなかったが、心の動揺はざわめきとなって車内にびりびりと伝わった。

『私からのメッセージは以上だ。それでは楽しいドライブを』

夢鵺がこちらに向かって右手を掲げたところで、いきなり映像は途切れた。光を放たなくなった液晶画面には、天井のサンルーフがぼんやりと映っている。

しばらくの間、みんなはひとこともしゃべろうとしなかった。たぶん、僕と同じように誰かが「冗談だよ。びっくりした？」と笑い飛ばしてくれるのを待っていたのだろう。

だが、いつまで経ってもどんよりとした重い空気はその場に居座ったままで、いっこうに事態が変わることはない。

「……なにこれ？」

最初に沈黙を破ったのは、ありがたくないことに、一番建設的な意見が期待できないポメラニアンだった。

「ちょっと、どういうこと？　ホントにわけがわかんないんだけど。ねえ。あたし、もう帰ってもいいよね？」

彼女は誰とも目を合わせようとせずに、まっすぐスライドドアへと向かった。ドアの前に立っていた長谷部さんを押しのけ、開閉レバーに手をかける。

「なあ、あんた。あいつの話を聞いてなかったのか？」

すぐさま、長谷部さんは彼女の腕をつかんだ。途端、鼓膜を突き破りそうな甲高い悲鳴があたりに轟《とどろ》く。思わず耳をふさいだが、それでも不快な音は鼓膜を震わせ続けた。これはもはや人の声ではない。超音波だ。

「無理やりドアを開けようとすれば、この車は爆発する。そうなったら俺たち全員、一巻の終わりなんだぞ」

長谷部さんは懸命に彼女をなだめようとしたが、しかしポメラニアンの叫び声は止まらなかった。

「晴佳さん、落ち着いて。なんにも心配することなんてないんだからね」

見かねた神田さんが、二人の間に割って入る。とその途端、ポメラニアンの悲鳴はぴたりとやんだ。

「そう——心配ないよ。大丈夫。大丈夫だから」

神田さんはほっとしたような表情を浮かべると、ポメラニアンの胸に手を伸ばした。

「あたしの目を見ながら、ゆっくりと呼吸をして。そうすればすぐに楽になるから」

「うるさい！　あたしにかまわないでもらえる？」

ポメラニアンは涙とよだれをあたりに撒き散らしながら大声をあげると、スライドドアのレバーを乱暴に引っ張り始めた。

「おい、やめろ！　俺たちを殺す気か？」

彼女の背中に、長谷部さんが飛びかかる。今までは女性だからと遠慮していたのだろうが、もはや容赦はなかった。太い腕で羽交い絞めにし、彼女をドアから引き剥がす。ポメラニアンは長谷部さんの腕に思いきり噛みついたが、それでも彼はひるまなかった。

「ふざけるなよ、あんた」

どすの利いた声を出し、彼女の首をぎりぎりと絞めあげていく。ポメラニアンの表情がこわばった。唇の色が次第にピンクから紫色へと変化していく。

さすがの神田さんも、長谷部さんを押しとどめることにはためらいを感じたらしい。

眼鏡のフレームを何度も押し上げ、はらはらとした面持ちで成り行きを見つめている。

だが、僕は神田さんほど心配はしていなかった。たぶん、長谷部さんは誰よりも冷静だ。ポメラニアンの首を強く絞めつけているように見えるが、実際には力をうまく加減し、彼女に致命的なダメージを与えないようにしている。中学時代、柔道部に所属していた故に、わかったことだった。

「俺は命が惜しいんだ。今度、勝手なことをしたら、本気であんたを殺してやるからな」

長谷部さんが耳もとでそう囁《ささや》いた途端、ポメラニアンは抵抗をやめ、しゅんとおとなしくなった。

彼女をシートに座らせると、長谷部さんは深く息を吐き、それから僕たちを一様に見回した。

「さあ、これからどうする？　仮面野郎の命令どおり、仲良くドライブに出かけるか？　それとも、ここでおとなしく助けを待つか？」

その質問に答えられる者は一人もいなかった。当然だ。いきなり、わけのわからぬ状況に放り込まれて、適切な判断などできるはずもない。

神田さんはスライドドアのそばに立ったまま、無言で天井を見上げている。一番後ろの座席に移動したジュンは、ウィンドウに顔を近づけ、開閉スイッチをいじり続けていた。当然ながら、パワーウィンドウの下りる気配はない。

ジュンのひとつ前の席に座った遠藤ほのかは、膝の上に置いたタブレットPCをじっと見つめている。画面にはパスワードを入力するためのフォームが表示されていた。PCはパスワードで守られているらしく、僕たちが勝手にデータを探ることは出来ない仕組みとなっているようだ。

僕はため息をつくと、空いている席に腰を下ろした。汗ばんだデニムのパンツが、太ももに不快にまとわりつく。

「ここがどこかわかる奴はいるか？」

長谷部さんが別の質問をする。だが、やはり答える者はいない。みんな、一様に首を振るばかりだった。

ポメラニアンの様子は、僕のところからはよくわからなかったが、長谷部さんの反応を見る限り、好ましいリアクションは示さなかったようだ。ふてくされて無視を決め込んでいるのかもしれない。まあなんであれ、ヒステリーを起こされるよりは何十倍もマシだった。

頬杖をつき、窓の外を見やる。視界に入るのは、先ほどまでと変わらず、生い茂った雑草だけ。これで場所を特定しろというのは、さすがに無理な話だ。

「あ。カーナビは？」

顔を上げ、そう口にしたのはジュンだった。

「カーナビを確認したら、今どこにいるかわかるんじゃないの？」

いわれてみれば確かにそのとおりだ。そんなことにさえ気づかなかった自分に呆れ返る。多少落ち着いてきたとはいえ、突然降りかかったこの状況に、やはりまだ相当動揺していることは間違いなかった。

みんなの視線が運転席横のカーナビに注がれるのとほぼ同時に、すぐ近くから短い電子音が聞こえた。

遠藤ほのかが悲鳴ともため息ともつかぬ声を漏らす。彼女の膝もとに目をやると、タブレットPCに四つの数字が表示されていた。


５９５４……５９５３……５９５２……


その数列は一秒刻みで小さくなっていく。

「あんた、なにをしたんだい？」

異変に気づいた神田さんが、語気を強めて尋ねた。

「私、なにも」

ほのかが戸惑いながらかぶりを振る。そんな彼女をかばうように、ジュンが口をはさんだ。

「オレ、さっきから見てたけど、お姉ちゃんはなにもやってないよ。設定された時間になったらタイマーが動き出すよう、最初からセットされていたんじゃないの？」

「タイマーってなに？　どういうこと？」

「仮面の男がいってたじゃないか。制限時間内にチェックポイントへたどり着けなかったら、エンジンルームに仕掛けた爆弾を爆発させるって」

ジュンがしゃべっている間も、数字は減り続けていった。


5903……5902……5901……


ほのかがかすれた悲鳴をあげる。

5900の次は、5899ではなく5859だった。どうやら、最初の二桁が分、残りの二桁が秒を表しているようだ。ということは——。

「あと一時間でこの車は爆発するってことかい？」

神田さんが険しい表情を浮かべる。

僕の腕時計は午後三時二十一分を示していた。つまり、タイムリミットは四時二十分ということになる。

神田さんの言葉がもうひとつの爆弾に火をつけたのか、あの不快な金切り声が車内全体に再び響き渡った。

「イヤっ！　絶対にイヤよっ！　あたしは死にたくないっ！」

ポメラニアンは勢いよく立ち上がると、蝶の髪留めを揺らしながら、つい数分前と同じようにスライドドアへと飛びついていった。

「開けてっ！　ここを開けてっ！」

ほとんど半狂乱と思える状態で、レバーを乱暴に動かし始める。

「まだわかんないのか？　やめろっていってるだろ！」

背後から彼女を押さえ込んだ長谷部さんが、こちらにいかつい顔を向けた。

「おい、学生さん。エンジンをかけてくれ」

「……え？」

僕は間の抜けた声を漏らす。

「あの……僕にいってるんですか？」

「このままだと、遅かれ早かれこいつに殺されちまう。こうなったら、仮面野郎の指示に従ってチェックポイントまで行くしかねえだろ。早くしろ！」

「あ、はい」

彼の怒声に弾き飛ばされるように、僕は前方へと移動した。コンソールボックスに手をかけ、運転席を覗き込む。

ステアリング・ホイール——ハンドルの中央部分には、髑髏《どくろ》マークのカバーが巻きつけてあった。髑髏の周りからは、鋭い鉄のピンが突き出している。ヘビメタやパンク好きの人たちが腕や胸に装着しているスタッズに似ていた。ピンの先は、手のひらを押し当てれば簡単に貫通しそうなくらい激しくとがっている。

ピンに触れて怪我をしないよう気をつけながら、さらに身を乗り出し、僕はイグニッションスイッチを確認した。スイッチにはキーが差し込まれたままだ。髑髏を象ったキーホルダーが薄ら笑いを浮かべながら揺れている。

おそるおそるキーに手をかけると、ひんやりとした感触が指先に伝わってきた。

「早くしろって！」

長谷部さんの苛ついた声が背中に覆いかぶさる。

「本当にいいんですか？」

ぽっかりと空いた髑髏の眼窩《がんか》を見つめながら、僕は呟くようにいった。

エンジンルームには爆弾が仕掛けられている。指先をひねった途端、バッテリーから生じた火花が爆弾に引火しないとも限らない。

僕の質問に答える者はいなかった。長谷部さんの怒声とポメラニアンのヒステリックな叫び声が不協和音をかき鳴らしながら鼓膜を揺さぶる。

不意に、舞衣のことを思い出した。

苦しい……苦しいよ……拓磨。

ぱっくりと裂けた額から、とめどなくあふれ出す真っ赤な液体。

ねえ……私、どうなっちゃったの？

僕は目前の光景にただ呆然とするばかりで、彼女に励ましの言葉さえかけてやることができなかった。

もしあのとき、僕が適切な処置を行なっていたなら、事態はある程度変わっていたのだろうか？

ただ怯えているだけでは、たぶんなにも解決しない。ここで臆病風に吹かれたら、あとはただ死を待つだけとなってしまうだろう。同じあやまちを二度と繰り返したくはなかった。

まぶたを閉じ、覚悟を決める。

僕は指先をひねり、ゆっくりとキーを回した。甲高いセル音が鳴り響く。続いて、エンジンが軽快なリズムをかき鳴らし始めた。

2

胸を撫で下ろし、後ろを振り返る。

いつの間にか超音波はやんでいた。叫び疲れたのか、ポメラニアンは長谷部さんに抱えられたまま、ぐったりとうなだれている。

ポメラニアン以外の四人は、まばたきも忘れてこちらを見つめていた。いや、彼らの視線の先にあるものは僕ではなく、その後ろに位置するカーナビだった。

エンジンをかけたことで、カーナビに電源が入ったらしい。十インチ以上ありそうな大型のディスプレイには、現在地を中心とした市街図が表示されていた。

再び身体の向きを変え、ディスプレイに顔を近づける。僕の右側からジュンが、左側から神田さんが顔を覗かせた。運転席と助手席の間に三人が上半身を押し込んだものだから、一気に身動きが取れなくなる。

「どこだ、ここ?」

右腕を伸ばしたジュンが、器用に地図の縮尺を変えていく。最寄の鉄道駅が表示されたところで、ようやく今いる場所の見当がついた。

僕たちが襲われた廃倉庫から北へ数キロ進んだ場所にある巨大な更地だ。大型ショッピングモールの建設が予定されていたが、着工直前に企業の不祥事が発覚し、急遽《きゅうきょ》建設を取りやめることになったと聞いている。

続いてジュンは、目的地と記されたボタンに指先を当てた。地図が消え、行き先を入力する画面が現われる。しかし、彼が文字パネルに触れるよりも早く、入力欄には勝手に文字が打ち込まれていった。

きぼうのおかこうえん

聞き慣れない地名が、自動でインプットされる。カーナビは即座に検索を始め、またたく間に目的地までのルートを表示した。

『目的地まで十九キロ』

ドアに取りつけられたスピーカーから女性の声が流れ出す。機械で合成された音のはずなのに、アナウンサーに勝るとも劣らない滑らかな口調だ。だがやはり、人の持つ温かみのようなものはまるで感じられない。地獄への道先案内人だとわかれば、その印象はなおさらである。

『到着予定時刻は午後四時三分です』

タイムリミットまで約十五分の余裕があった。

ここであれこれ議論を交わして無駄な時間を過ごすよりは、夢鵺の指示どおりにチェックポイントへと向かったほうがよさそうだ。移動しながらでも、今後の対策を練ることは充分にできるだろう。

たぶん、その場の全員が同じことを思ったに違いない。

「とりあえずは、最初のチェックポイントに向かうぞ。いいな?」

長谷部さんの提案に異を唱える者はいなかった。ポメラニアンも苦虫を噛みつぶしたような表情を浮かべてはいたものの、長谷部さんの胸の前でおとなしくしている。無駄に暴れ回ることが自分の命を縮める結果となることに、ようやく気づいたのかもしれない。

「運転は俺がする。俺があんたらの命を預かることになるが、文句はねえよな?」

長谷部さんの言葉に、僕は頷くしかなかった。今日初めて出会った彼を全面的に信用したわけではないが、だからといって自分が指名されても困ってしまう。この車を運転するには中型免許が必要だろうし、そもそもあの事故以来、僕は一度もハンドルを握っていなかった。

たとえ事故のトラウマがなかったとしても、このような状態で運転を任され、うまくやり遂げられる自信はない。長谷部さんが口にしたとおり、運転手は残り五人の命まで預かることになるのだ。万が一、事故でも起こして車が動かなくなったら、それですべてがおしまいだった。

ここは運転に慣れている長谷部さんに任せるのが一番だろう。

「文句がねえなら、すぐに出発しようか。ぎゃんぎゃんわめくこの女の面倒は、あんたたちに任せるからな。これ以上おかしなことをやらかさねえよう、しっかり見張っといてくれ」

彼はそういうと、ポメラニアンを座席に座らせた。言葉は乱暴だが、彼女の取り扱いは丁寧だ。見た目は怖いが、たぶん悪い人ではないのだろう。

シートに腰を下ろしたポメラニアンは、ウィンドウを叩くこともなく、唇を一文字に結んだまま、なにもない空間をじっと見つめていた。隣に神田さんが座ったが、とくに嫌がる様子も見せない。ポメラニアンのことは看護師である彼女に任せておくのが一番だろう。

「このあたりの地理に詳しい奴はいるか？」

長谷部さんの質問に、即座に手を挙げたのはジュンだった。

「詳しいってほどじゃないけど、ここらへんはツーリングでよく使う場所だから」

「よし。じゃあ、小僧は助手席に乗れ」

「え？　オレ、おっさんの隣なの？」

「なにか文句でもあるのか？」

長谷部さんが鋭い視線をジュンに向ける。

「はいはい、わかりました。従います。従いますってば」

降参でもするみたいに両手を頭上高くへ上げながら、彼は軽くジャンプして助手席へと移動した。

「うわ。なんだよ、これ。カッコいいじゃん」

自分の置かれた現状を本当に理解しているのか、ハンドルに装着された鉄のトゲ——スタッズバンドを見て歓声をあげる。

「ここから公園までのルートはわかるか？」

巨大な身体を運転席にねじ込みながら、長谷部さんが尋ねた。

「大体なら」

ジュンはカーナビと長谷部さんの顔を交互に眺める。

「本当に、数十分でたどり着ける距離なんだな？」

「それくらいで行けると思うけど。このあたりからだと、最初に住宅街の中を通り抜けなくちゃならないけど、そこさえクリアしちゃえば、あとはずっと片側二車線の広い道が続くはずだから」

「よし、それだけわかれば充分だ。行くぞ」

長谷部さんはシートの位置を自分の身体に合わせると、大胆にアクセルを踏み込み、車を急発進させた。

「……あ」

立ったまま運転席と助手席の会話に耳を傾けていた僕は、慣性の法則に従って後ろにバランスを崩した。

「危ない」

神田さんの後ろの席に座っていた遠藤ほのかが立ち上がって、僕の身体を支えようとする。しかし、華奢《きゃしゃ》な体型の彼女にそんなことができるはずもなく、僕たちはもつれ合いながら、それでもなんとか転倒をまぬがれて、一番後ろのシートへとなだれ込んだ。

勢いがついたまま、背もたれに思いきり鼻をぶつける。額を痛めたり、鼻をぶつけたりと、今日は散々な目にばかり遭う。テレビの星占いでは、山羊座の運勢はばっちりだったはずなのだが。

もう二度と星占いなんて信用しない。

そんなことを思いながら、僕はシートに深く座り直した。

3

車の運転には、人間性が表われる。

それも、普段隠している意外な本性が露見するから面白い。

いつもはおっとりとした女の子が、ハンドルを握った途端、荒々しい運転を始めたり、穏やかな性格だとばかり思っていたサークルの先輩が、割り込んできた車に対して罵声を飛ばしたり。僕自身、車の運転を始めるまでは、自分に神経質な一面があるなんてまるで思っていなかった。

窓の外を眺めながら、ぼんやりとそんなことを考える。

長谷部さんの運転は実にやさしかった。舗装されていない砂利道を走っているはずなのに、振動はほとんど伝わってこない。エンジン音も一定で、ギアが切り替わるときのノッキングもまったくわからなかった。運転のプロだからといわれればそれまでだが、たぶん僕たちに不安を感じさせないよう、最大限の努力を払ってくれているのだろう。

ウィンドウの開閉スイッチに指をかける。先ほどから幾度となく試しているのだが、やはりウィンドウの開く気配はない。どうやら、配線そのものが切断されているようだ。

ため息をつこうと冷たい空気を鼻から吸い込んだところで、左隣の席から深く長い嘆声が聞こえてきた。

陰鬱《いんうつ》な吐息のこぼれ落ちた空間へ視線を向けると、遠藤ほのかが僕と同じように窓の外をぼんやり眺めているところだった。

ウィンドウから射し込む太陽の光を反射して、彼女の黒髪がつややかに輝く。エンジェルリングがここまでくっきりと浮かび上がる髪の毛を見たのは、これが初めてだった。美しいというよりも、どこか神秘的だ。

僕の視線に気がついたのか、ほのかがこちらを振り返った。

「……とんでもないことになっちゃいましたね」

唇をわずかに突き出し、肩を上下させせながらいう。

「ああ。一体、なにがなにやら」

自然と笑みがこぼれた。わけのわからぬ状況に放り込まれて途方にくれたとき、人は笑ってしまうものらしい。

「あの男、一体なにを企んでいるんだと思う？」

「あの男って……夢鵺のことですか？」

僕は小さく頷いた。

「そもそも夢鵺っていう名前が、なんのことださっぱりわからない」

「鵺といえば、怪物退治に出かけた源頼政のお話が『平家物語』にありますけど……私が知っているのはそのくらいで」

人と話すのはあまり得意ではないのか、ほのかはうつむき加減に答えた。

「読書家なんだね」

思ったことをそのまま口にすると、

「いえ。私なんて全然」

恥ずかしそうにかぶりを振る。

「べつに、謙遜しなくたっていいじゃないか。『平家物語』の細かいエピソードを知っていたり、『みだれ髪』の初版本がわかったり。少なくとも僕の友達に、そんな読書家は一人もいないよ」

実は本を開くまで、『みだれ髪』が歌集であることすら知らなかったのだが、そんなことまで告白する必要はないだろう。

「見て。あそこに誰かいる」

助手席から聞こえた声に、僕たちは顔を上げた。

ジュンが前方を指差している。ほのかと会話を交わしているうちに、ワゴンは住宅造成地へと進んだらしい。真新しいアスファルトの両側には、平らにならされた土地が、段々畑のようにどこまでも続いていた。

ジュンの示す先には、人影が見えた。次第に、影との距離が縮まっていく。

僕はほのかの肩ごしに、窓の外を見つめた。

僕の母親と同じくらいの年齢の女性が一人、可愛らしい柴犬を連れて立っている。滅多に車など通らない場所だからなのか、彼女は不思議そうに僕たちのほうを見上げていた。柴犬も、リードを強く引っ張りながら、こちらに向かって吠え立てている。

僕たちを乗せたワゴンはスピードを落とすことなく、彼女の横を通過した。

「あ。あれ、止まらないの？」

ジュンのきょとんとした横顔が運転席と助手席の間から見えた。

「止まってどうする？　俺たちの向かう先は希望の丘公園だろ？　残された時間は五十分足らず。寄り道してるわけにはいかねえんだよ」

運転席からぶっきらぼうな声が届く。

「あの人に助けを求めればよかったじゃん。事情を説明して警察に連絡してもらえば――」

「どうやって？」

強い口調で長谷部さんは続けた。

「あのオバちゃんが散歩させてた犬の声、おまえには聞こえたか？」

「……聞こえなかったけど」

「そういうことだ。声の響きかたがおかしいから、薄々勘づいてはいたが、どうやらこの車、ボディに特殊な遮音材が使われているようだな。俺たちの声が外に漏れねえよう、仮面野郎がわざわざ造ったんだろう。まったく、いろいろと手が込んでやがるぜ」

「つまり、なに？　あたしたちが大声で助けを求めても、外にいる人には届かないってことかい？」

僕同様、二人の会話に耳を傾けていたのだろう。神田さんが慌てた様子で尋ねる。

「ああ、おそらくな」

前方を見つめたまま、長谷部さんは答えた。

「だけど、クラクションは正常なんだろう？」

神田さんの質問に答える形で、短いクラクションが二度鳴り響いた。

「だったら、外にいる人の気を惹くことはできるわけじゃないか。声が聞こえなくたって、身振り手振りでなんとか助けを――」

「そいつは難しいと思うぜ」

彼女の言葉をさえぎり、長谷部さんはいった。

「俺たちは何者かに拉致され、この車の中に閉じ込められている。だから一刻も早く、警察を呼んでくれ。……それだけのことをジェスチャーのみで伝えるとして、一体どれだけの時間がかかると思う？」

「だったら、オレらのほうから警察へ出向いちゃえばいいじゃん。警察署の前でクラクションを鳴らしまくれば、すぐにポリ公が出てきてくれるんじゃない？」

「あり得ねえな」

　ジュンの提案に、長谷部さんは鼻を鳴らして笑った。

「カーナビに表示されたルートをはずれたら、全員おしまいだってことを忘れてねえか？」

「じゃあ、わざと危険な運転をして、向こうからやって来てくれるのを待つとか」

「どうしたって無駄だ。俺たちに残された時間はわずかなんだぞ。運よく警察が駆けつけてくれたとして、そのあとはどうする？　エンジンルームには爆弾が仕掛けられていて、ドアやウィンドウを無理やりこじ開けたら爆発するってことを、ちゃんと説明できるのか？」

「紙に書いて――」

「どこにペンがある？　俺の調べた限り、車内にそんなものはなかったけどな」

　僕はあたりを見回した。紙なら目の前に古書があるが、彼のいうとおり、書くものは見つからない。無駄だと思いながら、デニムのポケットに手を差し込んでみたが、突然奇跡が起こるはずもなかった。

「わかっただろ？　俺たちが今やらなくちゃならねえのは、仮面野郎の指示に従うことだけなんだ。忌々しいけど仕方がねえ」

長谷部さんは吐き捨てるようにそういうと、カーナビに指示されるがまま、信号のない交差点を左に折れ曲がった。

しばらく直進を続けると、次第に窓の外の風景が変わり始めた。個性的な家が左右に立ち並ぶ。どうやら、住宅街へと入り込んだらしい。

立ち話に夢中になっている主婦。その周りを駆ける子供たち。疲れた表情を顔に貼りつけて歩くサラリーマン——なんの変哲もない日常が、そこには存在した。

先ほどの長谷部さんの言葉に納得したのか、車外の人たちに助けを求めようと大声をあげる者は一人もいなかった。ポメラニアンも今のところは落ち着いているらしい。

ウィンドウに手のひらを当て、向こう側の景色を眺める。厚さ数ミリのガラス一枚を隔てているだけだというのに、目の前に広がる光景がまったくの別世界に思えた。

テレビを見る感覚に近いだろうか——いや、違う。そうじゃない。むしろ、こちら側が非日常——テレビの中の世界なのだ。突然、サスペンスドラマの世界に放り込まれ、なんとかそこから逃げ出そうと、テレビの向こう側に広がるお茶の間を、指をくわえて覗き込んでいる——そんな不思議な感覚だった。

平和な向こう側を眺めていると、ますます不安が大きくなっていく。

僕はウィンドウから視線をそらすと、パーカーの胸もとを強くつかみ、誰にも聞こえぬよう舞衣の名を呼んだ。

都合のよすぎる願いだということは、百も承知している。しかし、求めずにはいられなかった。

舞衣。

僕たちを守ってくれ。

第3章　囚人

1

住宅街を抜け、幹線道路に入る。

希望の丘公園まであと十キロであることを報せる標識が視界に飛び込んだ。

腕時計を確認すると、午後三時四十二分。まだ出発してから二十分も経っていない。幹線道路の状況を見る限りでは、渋滞もなさそうだ。このまま順調に進むことができれば、余裕を持って目的地へとたどり着くことができるだろう。

その先のことに関してはまだなにもわからなかったが、当面の危機が立ち去ったという事実に、僕はほっと胸を撫で下ろした。きっと、ほかのみんなも同じ気持ちだったに違いない。だからこそ、ちょっとした油断が生じてしまったのだろう。

三百メートルほど先に、回転する赤い光が見えた。路肩に覆面パトカーが停車している。その後ろには派手に改造したスポーツカーが一台。どうやら、スピード違反かなにかで捕まったらしい。

　パトカーの回転灯に気をとられていると突然、ポメラニアンが立ち上がって運転席にしがみついた。

「あのパトカーの前で停まって！」

　相変わらずの甲高い声で叫ぶ。

「困るな、看護師さんよ。こいつのこと、ちゃんと見張っててもらわねえと」

　続いて、なんら動じた様子のない長谷部さんの声が耳に届いた。

「申し訳ない。脈拍も一定だったし、視線も定まっていたから、もう大丈夫と思ったんだけど」

　神田さんはポメラニアンの肩に手をかけると、

「危ないから座ろうか」

　幼い子供に話しかけるように彼女を諭しにかかった。

「いやっ！　離してっ！」

　ポメラニアンは神田さんの手を振り払うと、ウィンドウに向かって拳を振り上げた。

「停まらなかったら、ガラスを叩き割るからね」

「そんなこと、あんたにはできねえよ」

「嘘じゃないわよ」

きょろきょろと周囲を見渡す彼女の目はひどく血走っていて、とてもまともな精神状態とは思えない。

「あたしはやると決めたら、本当にやるんだから」

ポメラニアンが呼吸を荒くしていう。単なる脅しだとは思うのだが、本当にウィンドウを割られたら大変だ。

おかしなことを始めたら、すぐに押さえ込もうと、僕はわずかに腰を浮かせた。

パトカーが間近まで近づいても、長谷部さんは車のスピードを緩めようとしなかった。賢明な判断だろう。ここで不審な動きを見せて、警官に呼び止められでもしたら大変だ。車から降りることも、言葉を伝えることもできない今の状況では、長時間足止めを食らうことは必至だった。もたついているうちに、午後四時二十分を過ぎてしまうことにもなりかねない。

しかし大抵の場合、不運はもっとも来てほしくないと思っている瞬間に訪れるものだ。このときがまさにそうだった。

交差点を通過する直前で、信号が黄色に変わった。普通であれば、そのまま進んでしまうタイミングである。しかし、路肩のパトカーが気になったのか、前を走っていた車が突然ブレーキを踏んで停まった。となれば、こちらも停止するしかない。

なんとも運の悪いことに、僕たちのワゴンは警察車両の真横に停まることとなってしまった。

今がチャンスとばかりに、ポメラニアンが身体の向きを変える。神田さんを強く押しのけ、スライドドアへと飛びかかった。

まずい。

彼女の行動を阻止するべく、僕は席から立ち上がったが、

「近づかないで！」

鬼気迫る恫喝に、思わず動きを止める。

「ドアを叩いたりはしないから大丈夫。全部、あたしに任せておいて」

ポメラニアンはそう口にすると、ゆっくりドアの前に立った。

2

車内に緊張が走る。

スポーツカーの脇には、制服姿の警官が立っていた。運転席からなかなか降りよう

としないサングラスの男に、なにやら話しかけている。

そんな外の様子をうかがう素振りを見せつつ、ポメラニアンはキャミソールの上に羽織っていた真っ赤なボレロを脱ぎ捨てた。

「おい。なにをするつもりだ？」

長谷部さんが運転席から身を乗り出す。

「おまわりさんに事情を説明して助けてもらうの」

彼女はそう答えるや否や、自分の手首に噛みついた。そのまま一気に、皮膚を食いちぎる。

真っ赤な鮮血があたりに飛び散った。僕の頬にまで生温かい滴《しずく》が付着する。すぐ後ろからほのかの悲鳴が響き渡った。ジュンが血相を変えて立ち上がる。神田さんは彼女の腕をつかむと、無理やりシートの上へ座らせにかかった。

「やめて！　離してよ！」

ポメラニアンは駄々をこねる子供のように手足をじたばたと動かし、激しく抵抗した。

「なんで邪魔するの？　ペンがないのなら、あたしの血で文字を書いて、おまわりさんに事情を説明すればいいじゃない！」

車が上下に大きく揺れる。様子がおかしいことに気づいたのか、警官が怪訝そうにこちらを振り返った。腰の警棒に手を添えながら、ゆっくりとこちらに近づいてくる。まずい。

どうかされましたか？　とドアをノックされても、僕たちには答える術がなかった。誰も車から降りようとしなければ、ますます不審がられることは目に見えている。強引にドアを破られたら一巻の終わりだ。

ウィンドウの隅にポメラニアンの血が付いているのを見つけ、僕は自分の袖口で慌ててそれを拭い取った。

一瞬、警官と視線が絡む。内心どぎまぎしながらも、僕は笑って彼に会釈を返した。警官がスライドドアをノックしようと左腕を持ち上げたそのとき、ようやく信号が赤から青に変わった。

「行くぞ」

長谷部さんの声を合図に、僕たちを乗せたワゴンは、前方の軽自動車にぴたりとくっついた状態で急発進した。

怪しく思われなかっただろうか？

おそるおそる背後を振り返る。しばらくの間、警官はこちらを眺めていたが、事情聴取の最中だったことを思い出したのか、落ち着かぬ様子でスポーツカーのほうへと戻っていった。

どうやら、なにごともなくすんだようだ。

緊張が解けると同時に、疲労感がどっと押し寄せてくる。あまりに気持ちが張り詰めたせいか、胃のあたりがきりきりと痛んだ。

「なんでみすみすチャンスを逃しちゃうのよ？　あんたたち、みんな死にたいわけ？」

ポメラニアンが大声でわめく。放っておいたら、またなにかとんでもないことをしでかしそうな勢いだ。僕は胃の痛みに耐えながら、ポメラニアンの身体を押さえにかかった。

彼女のキャミソールは、一部が血で赤く染まっている。神田さんが懸命に傷口を押さえているため、詳しいことまではわからなかったが、流れ落ちた血を見る限り、傷は相当に深そうだ。今もまだ腕からはどろりとした液体がこぼれ、床に真っ赤な水溜まりを作っていた。

「ちょっと暴れないで。お願いだから静かにしてもらえるかい？　早く止血しないと大変なことになるよ」

「痛い！　離してってば！」

神田さんの手を振り払い、僕の太ももを容赦なく蹴飛ばしながら、ポメラニアンはあたりに唾を撒き散らした。

「わかった。あんたたち、みんなグルね？　そうなんでしょ？　誰に頼まれたの？　もしかして、旦那の差し金？　あたしのことが憎いのはわかるけど、こんなやりかたは卑怯なんじゃない？　いやっ！　こんなところであたしは死にたくないからっ！」

その華奢な身体のどこに、それだけの力がひそんでいたのか、僕は強烈な肘鉄を腹にくらい、床に思いきり尻餅をついた。

「おいおい。いい加減にしてくれねえかな」

急ブレーキがかかる。

自分でなければ、ポメラニアンを抑えられないと判断したのだろう。長谷部さんは車を路肩に停めると、コンソールボックスを乱暴に踏みつけ、暴れ回るポメラニアンの前に立ちはだかった。

「な、なに――」

しゃべる隙を与えず、彼女の頬を平手で打つ。

シートの上に倒れ込んだポメラニアンを見下ろしながら、彼はツナギの袖を引き裂いていった。

「あんたは腕を、あんたは脚のほうを押さえててもらえるか？」

僕と神田さんに指示を出すと、ポメラニアンの上に馬乗りとなり、破いた作業着を彼女の腕へと巻きつけていく。

「やめてよ！　そんな汚らしいもので止血したら、破傷風になっちゃう！」

「がたがたぬかすな。止血しなきゃ、その前に出血多量で死んじまうだろうが」

悪態をつきながらも、長谷部さんは手際よく処置を続けた。そんな彼の顔を、神田さんが驚いた様子で見上げる。

「あんた、うちの新人よりもずっと手馴れてるじゃないか。昔、看護師でもやっていたのかい？」

「まさか。こんなごつい看護師がいる病院なんて、誰も行きたがらねえだろ？」

「そりゃそうだね。病院がつぶれちまうかもしれない」

それまで仏頂面しか見せなかった神田さんが、初めて頬を緩ませた。

「だったら、どこで覚えたんだい？」

「独学だよ。こういう仕事をやってるとさ、ひでえ自動車事故に出くわすこともたびたびあるんだ。目の前で人が血を流して苦しんでるのに、なにもできずにおたおたしているだけなんて耐えられねえだろ？　だから、頭が悪いなりに努力して、いろいろと勉強したんだよ」

僕の心臓は大きく波打った。長谷部さんの言葉が、深く心に突き刺さる。まるで自分が責められているようで、ひどくいたたまれない気分になった。

「よし。これで、とりあえずの止血はできたはずだ」

額ににじんだ汗を拭いながら、長谷部さんが立ち上がる。彼の両手は血で赤く染まっていた。事情を知らない者が見たら、人をあやめた凶悪犯としか映らないだろう。

「ずいぶんとおとなしくなっちまったが、このままで大丈夫か？」

悪人面のナイチンゲールは、眉をひそめながら神田さんに尋ねた。彼のいったとおり、あれほど大暴れしていたポメラニアンが、今は微動だにしない。生気を抜かれたように天井をぼんやり見つめている。

彼女の顔は異様に青白い。紫に染まった唇は、とても血が通っているようには見えなかった。

「ねえ、あんた。自分の名前をいえる？」

神田さんがそう尋ねた途端、ポメラニアンの目玉が右にぎょろりと動いた。

「ふざけないで。あたしのことをボケ老人かなにかだと思ってるわけ？」

「それだけの大口が叩ければ大丈夫だね」

神田さんは彼女の肩を軽く叩いた。それでようやく長谷部さんも安心したのだろう。時間を気にしながら運転席へと戻っていった。

僕もその場を離れ、もといた席へと移動する。

腕時計は午後四時五分を示していた。本来なら目的地についていなければならない時刻だ。どうやら、ポメラニアンの介抱にかなりの時間を費やしてしまったらしい。

「急ぐぞ」

長谷部さんの言葉にも、焦りが感じられた。タイムリミットまであと十五分。まだ充分に間に合う時間だとわかっていながらも、やはり気持ちは急いてしまう。

「ちょっと、あんた。そのまま横になっていたほうがいいよ」

神田さんの声が聞こえてきた。

「……気持ち悪い」

続いて、ポメラニアンが小さく唸る。先ほどまでの威勢はどこへやら、彼女の声は今にも空中に消えてしまいそうなくらい弱々しい。

「当たり前だろう。あれだけ血を流したんだ。今無理して立ち上がったら、間違いなく貧血を起こして倒れちまう。自業自得だね。あきらめておとなしく眠ってな」

「…………」

もはや反論する気力も残っていないらしい。それっきり、彼女は黙り込んでしまった。

「顔、汚れてますよ」

シートにもたれかかった僕に、ほのかが話しかけてくる。

「ああ。ポメ――じゃない。西園寺さんが手首を噛んだとき、血が飛び散ったんだ」

指先で頬をこすると、血の固まりがぽろぽろとこぼれ落ちてきた。

「こっちを向いてください」

「……え？」

いわれたとおり、彼女のほうを見る。ほのかは着ていたシャツの袖を引っ張り、指先でつまむと、僕の顔の汚れを丁寧に拭い始めた。

彼女の顔が間近に接近する。

こんなときに不謹慎だと思いながらも、僕は胸の高鳴りを抑えることができなかった。

懐かしい香りが漂ってくる。カシスローズの甘酸っぱい香気。舞衣も同じ香水をつけていたことを思い出す。

「あ……ありがとう」

礼を述べると、彼女は口の端だけを動かして微笑んだ。

3

希望の丘公園まで一キロと表示された標識に従って右折する。

午後四時二十分まであと十分。途中、思いがけないトラブルはあったが、この調子ならなんとか時間ギリギリで目的地までたどり着けそうだ。

そう思った矢先のことだった。

ブレーキがかかり、わずかに身体が前方へと倒れる。フロントガラスを確認すると、五十メートルほど先に踏切が見えた。音は聞こえてこないが、バルタン星人に形の似た警報機が、右の目玉と左の目玉を交互に点滅させている。

遮断機が下りてから、かなり時間が経っているらしく、僕たちの前には十台近くの車が並んでいた。痺れを切らしたのか、向きを変えて引き返そうとする車もある。

「やばいな」

助手席から舌打ちが聞こえた。

「どうした？　小僧」

「ここ、JRと私鉄が重なって走っててさ。時間帯によっては、何本も連続して電車が通るもんだから、三十分近く踏切が開かなくなることもあるんだ」

「まさか、それが今っていうんじゃねえだろうな？」

長谷部さんの声が険しくなる。

「わからないけど、その可能性もあるかなって」

逆に、ジュンの声は弱々しくなった。

「おまえ、このへんの地理に詳しいんだろ？　どうして、もっと早く教えねえんだよ？」

「仕方ないだろ。何時何分に踏切が閉まるかなんていちいち覚えていないし、そもそもオレがツーリングするときは、こんなところを通ったりしないもの」

ジュンは早口で答える。

「もう一本東側の道なら、線路をまたいで陸橋の上を走っていけるけど」

「ダメだ。ルートをはずれたら即爆発ってルールを忘れたのか？」

苛立たしそうに長谷部さんが身体を動かすと、ルームミラーに彼の顔が映った。苦々しい表情を顔面全体に貼りつけている。状況が芳しくないことは明らかだ。こちらにも緊張感が伝わってきた。

「ここから公園まで、あとどのくらいかかる？」

「三分ほどでたどり着くと思うけど」

「ってことは逆にいえば、七分以内に遮断機のバーが上がらなかったから、俺たち全員アウトってことだな」

特急電車がスピードを緩めず通過していく。警報機が止まることを期待したが、電車が姿を消したあとも、光の点滅はおさまらない。

「仕方ねえ。行くぞ」

長谷部さんはそう口にするなり、ハンドルを右に切って反対車線へと飛び出した。

「え？」

ジュンが間の抜けた声を漏らす。

ワゴンはそのまま、反対車線を逆走して踏切へと直進した。

「あんた、なにをするつもりだい？」

目を白黒させながら、神田さんが立ち上がる。

「ちょっとばかり暴れるから、おとなしく座ってたほうがいいと思うぜ」

僕は首を動かし、左右を確認した。電車のやって来る様子はない。今なら踏切を突っ切ることも可能だろう。

「チャンスです！　急いで！」

長谷部さんに向かって大声をあげる。

「わかってるって」

彼の左手が上がったと同時に、エンジンが今までにないうなり声をあげた。

遮断機のバーがワゴンのバンパーにぶつかる。バーは自然と折れ曲がるようにできているらしく、さほどの衝撃はなかった。

踏切が開くのを待っていた人たちの呆然とした顔が、視界の隅を横切っていく。線路の上は思ったよりも凹凸が激しく、僕の身体は何度もバウンドを繰り返した。

「左」

ほのかがぼそりと呟く。無謀すぎる行為に怯えているかと思ったが、彼女は驚くくらい冷静だった。ウィンドウを指差し、

「特急が来ます」

そう口にする。

彼女が告げたとおり、東の方角からオレンジ色にペイントされた電車が接近していた。

「長谷部さん！　左から電車が！」

僕は大声で運転席に告げたが、長谷部さんはスピードを緩めようとしなかった。

「大丈夫。間に合う！」

そう叫んで、さらにアクセルを踏み込む。

かすかに警笛が聞こえた。警報機の音も遮断されてしまう車内に届くのだから、相当な大きさで鳴らされたのだろう。横を見ると、ついさっきは遠くに見えた電車が、すぐ近くまで迫っていた。恐怖に引きつる運転手の表情まではっきりと見てとれる距離だ。

ダメだ、ぶつかる。

反射的にまぶたを閉じる。

………。

死を覚悟したが、予想したような衝撃は訪れなかった。

おそるおそる目を開ける。車は踏切を通過し、公園へと続く道を走っていた。後ろを振り返ると、ちょうど電車が通過していくところだ。

あと少しタイミングが遅れていたら大惨事になっていただろう。僕たち以外にもたくさんの死者が出たかもしれない。充分にあり得たもうひとつの未来を想像した途端、全身に鳥肌が立った。

『まもなく目的地です』

何事もなかったかのように、ナビゲーションがさらりと答える。タブレットに表示された数字は、０３００から０２５９へと変わったところだった。

ワゴンはスピードを落とすことなく右に曲がり、タイヤを滑らせながら公園の駐車場へと進入した。

カーナビの指示に従って、さらに駐車場内を移動する。百台以上の車を停めることができる、そこそこ広い駐車場なのだが、ほかに車は一台も見当たらない。一面に芝生の敷かれた広場にも人影はなかった。

「綺麗に整備されているわりには、ずいぶんと寂しい公園だな」

長谷部さんがいう。

「いつもこんな感じなのか？」

「ううん。普段はもっとにぎわってるんだけど」

『目的地に到着しました。道案内を終了します』

ジュンの怪訝そうな声に重なって、カーナビがそう告げた。同時に、タブレットに表示されていたカウントダウンの数字が消滅する。一時はどうなることかと肝を冷やしたが、なんとか間に合ったらしい。

「着いたぞ。さあ、どうすればいいんだ？」

長谷部さんが大声を出す。

僕たちの目の前には穏やかな表情の観音像が立っていた。西の空に傾き始めた太陽が後光となり、なんとも神々しく見える。

「仮面野郎は俺たちに、この観音像を見せたかったたってことなのか？　なんのために？　まったく、わけがわかんねえな」

背もたれを倒し、ふんぞり返りながら長谷部さんは毒づいた。

「おい、小僧。おまえにはわかるか？」

「……全然」

「なんだよ。役に立たねえなあ」

「ああ、思い出した」

ジュンの代わりに答えたのは神田さんだった。

「希望の丘公園って、どこかで聞いた名前だと思ったら、ちょっと前にテレビのローカルニュースで放送していたんだ」

彼女の話によると、戦時中、このあたりは空襲による死者が多数出て、彼らを弔うために作られたのがこの公園だったのだそうだ。毎年終戦記念日には慰霊祭が行なわれているという。

「それがどうした？　俺にはなんの関わりもねぇ話だけど」

長谷部さんがぶっきらぼうに言葉を紡ぐ。

「あたしだってそうだよ。テレビのニュースで見たということ以外はなんにも知らない。もちろん、ここへ来たのだって初めてだし」

神田さんがあとを継ぐ。

「オレはときどき遊びに来るけどさ……ここへ連れてこられても、だからなんなの？って感じ」

ジュンは後部座席を振り返りながら、口をとがらせて答えた。

「学生さん。あんたはどうだ？」

長谷部さんがルームミラー越しに尋ねる。

「僕にもさっぱりわかりません。このあたりに来たのは初めてですし」

「お嬢ちゃんは？」

「私も……」

ほのかはそれだけ口にして、頭を左右に振った。

「晴佳さん。あんたはなにかわからないのかい？」

神田さんがポメラニアンに尋ねる。

「……ねえ、あれってなに？」

彼女の弱々しい声が耳に届いた。伸ばした腕の先だけが、座席の上に見え隠れする。

止血帯代わりに巻かれた布が実に痛々しい。

「あれって？」

「ほら、あそこ。観音像の足もとになにか書いてあるでしょう？」

彼女の指摘した場所へ視線を向ける。西陽《にしび》がまぶしすぎて、今の今まで気づかなかったが、ポメラニアンのいうとおり、観音像の設置された台座の上には、札のようなものが立てかけられていた。

ほかになんのとりえもない僕だが、視力だけは自信がある。そこには真っ赤な毛筆体で、こう記されていた。

己の罪を償え　夢鵺

第4章　告白

1

薄目を開いてこちらを見つめる観音像に、かすかな戦慄を覚える。

戸惑う六人をじっと観察するその姿は、まるで彼女が夢鵺の仲間であるかのような妄想を僕に抱かせた。

「ねえ、どういうことだい？」

長い沈黙を破り、最初に言葉を発したのは神田さんだった。

「夢鵺はあたしたちに一体、なにをさせたいんだよ？」

「だからさ、己の罪を償えば許してもらえるんじゃないの？　だったら、さっさと償っちゃおうよ」

助手席から顔を覗かせ、ジュンがおどけたようにいう。明るくふるまってはいるものの、視線はまったく定まっていない。残念ながら緊張は隠しきれていなかった。

「罪ってなに？　あたしがなにをしたっていうのさ？」

神田さんが眉をひそめる。

「オレに訊かれても困るなあ。自分が一番よくわかってることだろ？」

「あんたと違って、あたしは真面目に生きているんだ。懺悔しなくちゃいけないことなんて、なんにもないよ」

自分には罪などないと断言する彼女に、複雑な思いを抱く。僕にはそこまでの自信を持つことができなかった。

もちろん、法に触れるようなことはなにもしていないつもりだ。

幼い頃から争いごとを好む性格ではなかったため、できるだけ周囲との軋轢《あつれき》を避けてこれまで生きてきた。だけど、なにひとつ悪いことをしていないとはいいきれない。気づかぬうちに誰かを傷つけたこともあっただろう。もしかしたら、その人物は僕を殺したいとさえ思っているかもしれない。

たとえば、舞衣の両親がそうだ。

二人とも、君が悪いのではないといってくれたが、本心がどうであったかは今もわからない。大切に育ててきた娘の命を奪われたのだ。僕がドライブになど誘わなければ、僕と出会っていなければ、舞衣は死ななかった。恨まずにいられるはずがないだろう。

車内にチャイム音が響き渡った。カウントダウンを示す表示が消えて以降、触れても反応しなくなったタブレットが、白い光を放つ。僕はそれを手に取った。

『第一関門クリア、おめでとう』

ボイスチェンジャーを用いたであろう独特のダックボイスが流れ、画面には前回と同じ仮面の男が映し出された。

長谷部さんとジュンがおたがいに肩をぶつけながら、こちらへ駆け寄ってくる。

『次は少し長めのドライブになるから、今のうちにストレッチでもしておいたほうがよいのではないかな？』

夢鵜が僕に強い恨みを抱いているのだとしたら、彼は僕のよく知っている人物でなければならない。なにか手がかりはないかと、画面を凝視する。

しかし、大きな仮面は顔の輪郭や髪型までも隠してしまっていた。マントのようなものを羽織っているため、体型もまったくわからない。性別さえも判断は難しかった。

『タイムリミットは今から約六時間後――午後十一時ちょうどだ。この映像が終了すると同時に、カーナビに目的地がインプットされる。ルールはこれまでと変わらない。カーナビの指示するルートをはずれたり、無理やりウィンドウやドアを開けようとした場合は、エンジンに仕掛けた爆弾が爆発するからそのつもりで』
誰かはわからないが、ごくりと生唾を呑み込む音がすぐ近くで聞こえた。
『また六時間後に会えることを祈っているよ。それではよいドライブを』
そこで唐突に映像は途切れ、画面には再びカウントダウンを報せる数字が表示された。

55843……55842……55841……


数字は一秒刻みで小さくなっていく。タイムリミットは六時間後と述べていたから、最初の一桁は時間を表しているのだろう。

「カーナビに次の目的地が設定されたみたいだよ」

神田さんの声に、長谷部さんとジュンは再びもつれ合いながら、前方へと駆け戻っていった。席に着くと、シートベルトを締めながら、カーナビの画面を覗き込む。

僕は二人の体力を羨ましく思った。ジュンはまだ高校生だから、元気がありあまっているのもわかるが、三十路の長谷部さんのタフさ加減には恐れ入る。太い二の腕を見れば大体の想像はつくが、たぶん毎日トレーニングに励んでいるのだろう。

いや、たくましいのは肉体だけじゃない。心もそうだ。運転役を引き受けて、この六人の中で、もっとも神経をすり減らしているはずなのに、そんな素振りを微塵も見せることがない。

僕などは、べつになにをしたわけでもないのに、立ち上がることすら億劫《おっくう》になっていた。このワゴンの中で目覚めてから、一度も途絶えることのない緊張感に、もはや身体も心も憔悴しきっている。

一体、この馬鹿げたゲームはいつまで続くのだろう？

車内には五百ミリリットルのペットボトルが人数分用意されているだけだ。三日も経てば、全員衰弱死してしまうだろう。苦しみが長引くのであれば、むしろひと思いに爆弾で死んでしまったほうが楽かもしれない。

背もたれに身体を預け、頭上のシャンデリアを見つめながら、僕はそんなことを考えた。

「次はどこへ向かえって？」

神田さんの声が聞こえてくる。

「ひだまり墓地」

すぐに、ジュンが答えた。

「墓地？　どうしてそんなところへ行かなくちゃならないんだよ」

「だから、オレに訊かれてもわかんないってば」

「一体、どこにあるんだい？」

「ずいぶんと遠いよ。ここから西へ三百キロ以上走らないといけないみたい」

「三百キロって……さっき、タイムリミットは六時間って話してなかったっけ？　間に合うのかい？」

「ハイウェイを使うルートになっているから、とりあえず問題はないと思うけど」

「なにもトラブルがなければいいがな」

長谷部さんの不吉なひとことに、車内はしんと静まり返った。

「まあ、余裕をもって到着するに越したことはねえ。さっさと出かけるか」

僕たちは囚人だ。

生きてここから出るためには、夢鴉の指示に従う以外の選択肢はない。

「さあ、行くぞ」

僕たちを乗せたワゴンは、長谷部さんのかけ声で再び動き始めた。

2

駐車場を斜めに横切り、公園をあとにする。

振り返ると、観音像がじっと僕たちのほうを見つめていた。なにもかも悟ったようなその瞳は、僕たちのことを見守ってくれているようにも、哀れんでいるようにも感じられる。

車はもと来た道を引き返すことなく、右へと折れた。誰もが安堵の息を漏らす。あれだけの騒ぎを起こしたのだ。もし踏切へ戻るよう指示されていたなら、いろいろ面倒なことに巻き込まれる可能性もあっただろう。警察に捕まることだけは絶対に避けなければならない。そのためには、できるだけ早くここから立ち去る必要があった。

幹線道路を離れるほどに、交通量は少なくなっていく。家の数も減り、代わりに田畑が増え始めた。見晴らしもよくなり、一気に田舎の風景が広がる。

いつの間にか、誰も言葉を発しなくなっていた。ずっと軽口を叩いていたジュンも、両足をダッシュボードに乗せたまま、ぼんやり前方を眺めている。

この車の中で目覚めてから、かれこれ二時間が経とうとしていた。自分の置かれた状況は大体把握できたし、疑問を口にしたところで誰にも答えられないことはわかっている。次のチェックポイントへ到着するまでは、とくに語ることもない。なによりも疲れていた。

初めて出会う人たちとの会話は、無駄にエネルギーを浪費するものだ。ましてや、この異常な状況下である。誰もが黙り込みたくなるのは、充分に理解できた。

しかし、車内を漂う陰気くさい空気に、次第に息苦しさを覚え始める。ウィンドウを開けて風の音に耳を傾けたり、あるいは軽快なBGMでも流すことができれば、多少は気分も晴れたのかもしれないが、今のこの状況ではどうにもならない。

「――あ」

すぐ隣から短い悲鳴が聞こえた。ほのかが大きな目をさらに大きく見開いて、フロントガラスの方向を見つめている。

彼女の視線の先を確認し、僕は胸を押さえた。心臓が早鐘を打ち鳴らす。

木の影に、赤い回転灯が見え隠れしていた。

……パトカー？

踏切での一件を誰かが通報したのだろうか？　あるいは幹線道路ですれ違った警官が不審車両と判断して検問をかけたのか？

この車を探しているわけではなかったとしても、検問だったら大変だ。ウィンドウを下ろしなさいといわれたところで、僕たちにはどうすることもできない。

信号のない交差点にさしかかる。別の道へ移動するという選択肢は、この車には端から存在しなかった。ルートをそれた瞬間に、すべてが終わってしまう。

交差点を直進し、昭和のにおいを漂わせる古い看板の横を通り過ぎると、目の前に回転灯が現れた。

「……なんだ」

そう呟き、安堵の息を漏らす。それはパトカーではなく、喫茶店の店先に取りつけられた案内灯だった。ほかに建物がなく、外灯も少ないことから、目印代わりに設置されたのだろう。

「うわあ、焦ったあ」

ジュンが大げさに胸を撫でる。

「あたしは五年ほど寿命が縮んだよ」

神田さんがあとに続いた。

「やばいじゃん。五年も縮んじゃったら、そろそろ寿命でしょ？」

「うるさい。先に、あんたの息の根を止めてやろうか？」

あれだけどんよりとしていた空気が、二人の会話で一気に浄化された。隣を見ると、ほのかも微笑んでいる。笑った彼女の顔は、ますます魅力的に僕の目に映った。

「俺も焦った。踏切を無理やり渡ったときよりもドキドキしたぜ」

たぶん、みんな同じ思いを抱いていたのだろう。長谷部さんまでもが明るく語り始める。

「赤い光を見てドキドキするなんて、まるで犯罪者にでもなった気分だな」

「ホント、パトカーじゃなくてよかったよね。おっちゃんみたいな悪人面が運転しているとわかったら、間違いなく呼び止められちゃうだろうから」

「おい。誰が悪人面だ。ふざけんな」

「あんた、あたしの代わりにその坊やを殺しちゃってくれるかい？」

もし、車内の様子を誰かがモニターしていて、ふざけあっている今の僕たちを見たら、ついに気がふれたかと驚いたかもしれない。生きるか死ぬかの瀬戸際だというのに、なぜ笑っていられるのだ？　と疑問に思ったことだろう。

だが、僕たちは正常な判断を失ったわけでも、現実から無理やり目をそらしているわけでもなかった。

爆弾の仕掛けられた六畳にも満たない密閉空間で、正常な精神を保ち続けるためには、重苦しい沈黙を追い払ってしまわなければならない――ただ、そのことに気づいただけのことだ。

「ねえ。ちょっと考えてみないかい？」

唐突に神田さんがいった。

「どうして、あたしたちがこんな目に遭っているのか――実はなんとなく見当がついているって人はいるかい？」

彼女の問いに答える者はいなかった。

「じゃあ、どうしてあたしたち六人が集められたんだと思う？」

やはり、誰も答えない。答えようがなかった。

「あたしたち全員、ずいぶんと手の込んだやり方で、あいつ――夢鴉に誘き出されたわけだろう？　ただ六人を集めるだけだったら、こんな手間をかける必要なんてなかったと思うんだ。夜道で待ち伏せて、無差別に襲えばそれですむ話だからね」

彼女のいうとおりだった。今になってあらためて考えてみれば、突然連絡をよこした高校時代の同級生、いきなり休みをくれたバイト先の店長――腑に落ちないことが多すぎる。具体的にどのような手を使ったかはよくわからないが、夢鴉は周到な準備をして僕たちをあの廃倉庫へと集めたようだ。

「……この六人でなければいけなかったってことでしょうか？」

珍しく、ほのかが口を開いた。

「そう――そういうこと」

神田さんは座席から身を乗り出し、ほのかのほうに指先を向けた。彼女の手はポメラニアンの流した血で、今もまだ赤黒く汚れている。

「この六人でなくちゃいけない理由があるはずなんだ。それがはっきりすれば、あいつの正体もわかるんじゃないかなと思って」

「え？　じゃあ、なに？　夢鴉が仮面をかぶっていたのは、もしかしてオレたちの知っている人物だからってこと？」

首をひねった体勢がつらくなったのか、ジュンはシートベルトをはずすと、四つん這いで後部座席へと移動を始めた。

「その可能性は高いと思うね」

神田さんが眼鏡を押し上げながら答える。

「ついでにいうと、あいつはなにがなんでもあたしたちを皆殺しにしようなんて、物騒なことは考えていないんじゃないかな？　だって、そうだろう？　最初から全員を爆弾で吹き飛ばすつもりなら、わざわざ顔を隠す必要なんてないわけだし」

「なるほど。確かにそうかもしんないな。冴えてるじゃん、オバちゃん」

「オバちゃんじゃなくて神田さん」

夢鴇が僕たち六人の関係者かもしれないという推測はある程度納得できたが、皆殺しにするつもりはないという考えは、いささか楽観的に思えた。だが、せっかく場が和み始めたのに、わざわざ水をさす必要もないだろう。黙って、二人の会話に耳を傾ける。

「でもさ、オレたち六人に共通する知人なんて本当にいるのかな?」

座席には座らず、狭い通路にあぐらをかきながら、ジュンはいった。

「みんなの話を聞く限り、オレたち住んでるところも年齢もバラバラだし、高校生に大学生にOL、看護師、主婦、トラックの運転手——職業だって全然違うじゃん。共通点なんてないように思えるけど」

「趣味はどう? たとえばあんた、なんとかっていう地元アイドルグループのファンなんだろう?」

「チームふくろうね」

「そうそう、それ」

神田さんはうんうんと頷くと、いきなり僕のほうへ顔を向けた。

「犬塚さんだったっけ？　あんたもふくろうのファンなんじゃないの？」

「いいえ、まったく」

あまりにも自信満々な表情で尋ねてくるため、申し訳ない気持ちでいっぱいになる。音楽は好きだし、アイドルに関しても決して疎いわけではないと思うのだが、その名前はこのワゴンに乗るまで、一度も聞いたことがなかった。

「ほのかちゃん。あんたは？」

神田さんは視線を横にスライドさせると、今度はほのかに尋ねた。

「すみません。私、あんまりテレビとか見ないものですから……」

予想どおりの答えが返ってくる。

「テレビにはまだ出たことないよ。そこまで売れてるわけじゃないから。あ、でも今度、ケーブルテレビでライブの様子がちょっとだけ紹介されるかもしれないんだって」

ジュンがどうでもいい情報を披露した。

「運転手さんはどう？」

二人が否定したにも拘わらず、まだ自説を引っ込めるつもりはないらしい。今度は長谷部さんに尋ねる。しかも、いつの間にやら運転手さん呼ばわりだ。

「知らねえよ。知るわけねえだろ。俺が中学生なんて追いかけ回してたら、それこそ警察に捕まっちまう」

　僕たちの会話をずっと聞いていたのだろう。長谷部さんは即座にそう答えた。

「晴香さん、あんたの意見も――」

　神田さんが隣の席を見やる。

「ああ、寝ちゃってるわ。起こすとまたうるさくなるかもしれないから、そっとしておこうか」

　公園を出てからひとことも言葉を発していないポメラニアンのことが少し心配になり、僕は立ち上がって彼女の顔を覗き込んだ。

　顔色の悪さは相変わらずだったが、苦しんでいる様子はない。むしろ、こちらが羨ましくなるくらいの、心地よい寝息を立てている。

　とりあえずのところは大丈夫そうだ。僕は安心して自分の席へ戻った。まあ、僕のような素人が様子を見なくとも、隣にベテランの看護師がついているのだから、なにも心配する必要はないだろう。

「どうやら、アイドルは関係なかったみたいだね」

　そういって、神田さんは小さく首をすくめる。

「そりゃ、そうだよ。そもそもオバちゃん自身がチームふくろうを知らないじゃん」

「だけどあたしの場合、そのアイドルの子がたまたまうちの病院に入院してたってことも考えられるわけだし。世間なんて意外に狭いものだからさ、どこでどう繋がってるかなんてわかったものじゃないだろう？」

確かに、彼女のいうとおりかもしれない。神田さんは何十年にも渡って、大勢の入院患者と接してきたわけだし、長谷部さんだって日本全国様々な場所をトラックで回り、たくさんの人と出会ってきたはずだ。僕だって、二人ほどではないにしても、二十年以上生きてきたのだから、それなりの人脈は持っている。それらがどこかで重なり合っていたとしても不思議ではないだろう。

百人の知り合いから、ほかの人とかぶらない百人の知り合い——計一万人の名前を聞き出すことは決して不可能ではないように思える。その一万人にそれぞれ百人を紹介してもらい、さらにその人たちに百人を紹介してもらったら、もうそれで一億人を超えることになる。机上の理論ではあるが、友人知人を五人たどっていけば、地球上のすべての人を網羅《もうら》できてしまうわけだから、僕たち六人に共通の知人がいたとしても、それはべつに驚くような偶然ではないだろう。

「あたしたちに共通するものがなんなのか、それがわかれば夢鵺の正体に近づけるかもしれないのにねぇ」

　眉間に深いしわを寄せながら、神田さんは言葉を紡いだ。

「なにか気づくことはない？」

「……夢鴉の残したメッセージについて検討するべきなんじゃありませんか？」

　ためらいながら、僕はそう口にした。

「メッセージって？」

「公園にあった看板ですよ。〈己の罪を償え〉――夢鴉は、僕たちになんらかの罪を償ってもらいたいわけでしょう？」

「罪っていわれてもねぇ」

　神田さんは首をひねり、薄い唇を突き出した。

「公園でも話したけど、あたしは懺悔しなくちゃいけないことなんてなんにもないからね。そりゃあ、あたしだって完璧な人間じゃないからさ、寝坊して仕事に遅れちゃったとか、スーパーで釣り銭をもらいすぎたことを黙っていたとか、その程度の罪ならごまんと持ってるよ。でもそれって、こんな仕打ちを受けなくちゃいけないようなことじゃないよね？」

　確かに、寝坊した罰として殺されたのでは、命がいくらあっても足りない。

「あんたはどう？　いろいろと悪いこととかやってそうだけど」

神田さんにそういわれて、わずかにジュンの表情がこわばった。

「オレ？　オレだってべつに、殺されなきゃいけないようなことはやってないよ」

「わかりやすい子だねえ。心当たりがあるって顔に書いてあるよ」

神田さんはジュンの頬をつまみ、にやにやと笑った。

「やめろよ。気色悪いなあ」

不機嫌そうに口の端を曲げ、ジュンは彼女の手を振り払った。

「あんた、公園で夢鵺からのメッセージを見つけたときも、今と同じような表情を浮かべていたよ。なにか心当たりがあるんだろう？　正直に話してみなって」

「…………」

唇を一文字に結んだまま、彼は僕たちの顔を順番に眺めていった。これまで一度も見せたことのない真剣な表情に、こちらのほうが緊張してしまいそうだ。

「……オレさ」

ようやく覚悟を決めたのか、虚空を見つめながら、ジュンは呟くように答えた。

「一人、殺しちゃってるんだ」

3

予想していなかったジュンの回答に、再び車内の空気が張り詰める。

「あ。誤解しないでよ。憎い奴がいて、そいつをめった刺しにしたとか、そういうのじゃないから」

自分に注がれた視線が普通でないことを即座に感じ取ったのか、ジュンは慌てた様子でいい繕った。

「じゃあ、なに？」

神田さんの口調も、これまでとは違って、どこか固い。

「事故だよ、事故。夜中に調子こいてバイクを走らせてたら、目の前に急に黒い影が飛び出してきてさ。慌ててハンドルを切ったんだけど、よけきれなくて――」

胸にかすかな痛みが走った。同時に、呼吸が苦しくなる。まぶたの裏に、舞衣の姿が見え隠れした。

「まさかあんた、そのまま逃げ出したんじゃないだろうね？」

「しないよ、そんなこと。するわけないだろ？　すぐに警察と救急車を呼んださ。でも……助からなかったんだ」

　僕たちから視線をそらし、ぼそりと答える。

「罪は償ったんだろう？」

「親にはずいぶんと迷惑をかけちゃったけど、賠償金は全額払ったし、遺族に謝罪もした。もちろん、それで全部の罪を償えたとは思っていないけどさ」

　ジュンが告白を終えると、再び重苦しい沈黙が車内全体を覆った。

　もう息苦しいのはたくさんだ。澱《よど》んだ空気を排除しようと、僕は口を開いたが、しかしなにをしゃべればいいのかわからない。口を小さく動かしただけで、結局押し黙ってしまった。

「探偵みたいな真似はやめておこうぜ」

　助け舟を出してくれたのは、運転席の長谷部さんだった。

「触れられたくない過去は誰にだってある。神田さん、あんただってそうだろ？　法を破るような大それたことはやってねえかもしれねえけど、誰にもしゃべれねえ秘密のひとつやふたつくらいは持ってるんじゃねえのか？」

「あたしは隠しごとなんてひとつもないよ。どんな質問にだって正直に答えてやるからさ、ほら、なんでも訊いてみな」

ジュンを追い詰めたことを申し訳なく思ったからこそなのだろう——神田さんは大人気ない態度をとった。

「べつにいいよ。あんたの秘密なんてまったく興味ねえし、それを訊いたところで、この車から降りられるわけでもねえだろ？」

「それはまあそうだけど……」

「わざわざ藪をつついて、眠ってる毒蛇を起こす必要なんてねえんじゃねえか？　今はよけいなことは考えず、仮面野郎の指示におとなしく従っておいたほうが賢明だと思うぜ」

「でも、夢鴉は〈己の罪を償え〉というメッセージも残しているじゃないか。そっちは無視したままでいいのかい？」

「とりあえず、今は考えなくていいんじゃねえか。細かいことをいい出したらキリがねえだろ？　車内に置いてあった古本だって、なにか意味があるようでよくわかんねえままだし、仮面野郎の夢鴉っていう名前にしてもそうだろ？」

最後までいい終わらぬうちに、突然ブレーキがかかった。わずかに後輪をスリップさせながら、車は急停止する。無造作に放り出してあった『みだれ髪』が、座席からこぼれ落ち、通路の上を勢いよく滑った。

「なに、どうしたっていうのさ?」

神田さんが声を荒らげる。

フロントガラスの向こう側には、鬱蒼《うっそう》としたブナ林が広がっていた。夕方近くになり、あたりが薄暗くなったせいもあるのだろうが、ひどく陰気くさい。霊感などまったく持っていない僕だが、それでも背すじのあたりにざわりと不吉なものを感じずにはいられなかった。

「カーナビの指示では、このまま直進することになってるんだが……」

身体をひねって、僕たちのほうに顔を向けながら、長谷部さんはいった。ずっと強気な態度を押しとおしてきた彼にしては珍しく、右の眉だけをひそめて戸惑った表情を浮かべている。

「直進って……無理に決まってるじゃない」

神田さんが口をとがらせた。

「カーナビが間違ってるんだろう? よくあることだよ。あたしなんて、ナビに従って走っていたら、いつの間にか一方通行の道を逆走していたってこともあったしね」

彼女の言葉を聞きながら、僕は周囲を見回した。ワゴンはT字路の交差点の中央に停止している。道はブナ林に沿って、左右に分かれていた。

左方向に目をやると、最寄りのインターチェンジまで七キロであることを示す標識が立っている。これが普通のドライブだったなら、カーナビの指示を無視して左へ曲がることに、誰も異を唱えたりはしなかっただろう。

だが、今は状況が違う。これは友人たちと馬鹿騒ぎをしながら呑気に楽しむ、いつものドライブではなかった。

「おっちゃん、どうすんの？」

ジュンが尋ねる。

「どうするって……まっすぐ進む道がねえんだから、別の道を探すしかねえだろ」

長谷部さんはギアをバックに入れ、ハンドルを大きく右に切った。

田圃《たんぼ》以外はなにもない田舎道だ。風に揺れる稲穂のほかに動くものは見当たらない。別の車が通りかかる気配も感じられなかった。

「左から回り込んで一キロほど進めば、カーナビの指示する道に合流する。それでいいな？」

長谷部さんの選択に反対する者はいなかった。これはきっと、単純な設定ミスだ。夢鴉の犯した失態なのだから、ルールが適用されることはないだろう――僕を含めた全員が、そう判断したに違いない。

しかし、それはあまりにも甘い考えだった。

方向転換し、T字路を左に曲がった途端、車内にはけたたましい警告音が響き始めた。

第5章　襲撃

1

カーナビの画面からマップが消え、代わりに〈DANGER〉の文字が表示される。

『ルートをそれました。ただちに、もとの道へ戻ってください。指示が守られなかった場合、この車は爆発します』

それまで淡々と道案内を続けてきたアンドロイド声の女性が、突然とんでもないことをのたまい始めた。言葉遣いは丁寧だが、これはもう脅迫以外のなにものでもない。

再び、ブレーキがかかる。

「ったく。どうすりゃいいんだよ?」

不機嫌そうに舌打ちを繰り返しながら、長谷部さんがギアをバックに入れる。そのまま交差点まで戻ってくると、車内の警告音は止まり、カーナビもいつもの表示に切り替わった。

「さあ、どうする？」

背もたれに上半身を預けながら、長谷部さんは誰ともなく尋ねた。

「どうするっていわれても……」

そこまでしゃべり、神田さんは言葉を濁した。助けを求めるようにこちらを向いたが、僕だってとっさにはよいアイデアなど思いつかない。

口にすべき言葉が見つからず戸惑っていると、

「……まっすぐ進むしかありませんよね」

ほのかが意見を述べた。

「それは無理だ。この車がショベルカーか、あるいは戦車だったら、それもできたかもしれねえけどな」

「よく見てください。あそこ」

彼女は立ち上がると、運転席へ歩を進め、フロントガラスの右端を指差した。

「ほかの場所と違って、木と木の間が少しだけ広がっていませんか？」

目を凝らし、ほのかの示した方向を見る。

いわれなければ気づかない程度の差だが、確かに彼女のいうとおりだった。地面から生えた雑草もそこだけ短く、林の奥へ向かって一本の獣道ができあがっている。

「無理、無理。通れないって」

ジュンが否定した。通路に座り込んだまま、顔の前で手を左右に振る。

ほのかには申し訳ないが、僕も無理だと思った。歩いて通ったとしても、肩に木が当たってしまいそうな空間を、このワゴンが通り抜けられるとはとても思えない。

「生い茂った葉っぱにごまかされているだけだと思いますけど」

しかし、彼女は自分の意見を取り下げようとはしなかった。声づかいは弱々しいが、物怖じした様子はまったく見受けられない。

「枝はなぎ倒すことができます。もちろん、車のボディに傷はつくでしょうけど、それくらいの衝撃で爆発することはありませんよね？　葉っぱや枝に惑わされないで、幹と幹の間の距離だけをよく見てください。背の高い男の人――長谷部さんの身長くらいの幅はあると思いませんか？」

「たとえそうだとしても、せいぜい百八十センチだろう？　車の通れる幅じゃ――」

「いや、行けるかもしんねえぞ」

神田さんの言葉をさえぎって、長谷部さんはいった。いつの間にやら上半身を起こし、前方をじっと見つめている。そのまなざしは真剣そのもので、獲物を狙う鷹のように鋭かった。

「このタイプのワゴンの車幅は、おそらく一八八〇ミリ。お嬢ちゃんのいうとおり、多少ボディはへこむかもしれねぇが、あの隙間ならたぶん通れるはずだ」

「たとえあの隙間を通過できたとしても、その先どこまで行けるかわからないんだよ。ずっと獣道が続いてる保証はないんだからさ」

神田さんがいう。

「そんときはまた別の方法を考えりゃいいさ。とりあえず、今はやってみるしかねぇだろ?」

長谷部さんはそう口にするが早いか、いきなり車を発進させた。その衝撃で、ジュンがごろりと後ろに転がる。

「ちょ……頼むから慎重に走っておくれよ。車が壊れちまったら、それこそ一巻の終わりなんだからさ」

前のシートにつかまりながら、神田さんががなり立てた
「俺もそうしたいのはやまやまなんだが、ブナの枝ってヤツは意外と硬くってな。ある程度、勢いをつけないと折れてくれねぇんだよ」

ルームミラーに映った長谷部さんの顔は、どことなく楽しげだ。

ワゴンはスピードを緩めることなく、大木の間のわずかなスペースへと突入した。

青々と茂った葉がフロントガラスを覆い、前方の様子がわからなくなる。激しい振動に、身体がバウンドした。天井に頭をぶつけそうになり、僕は慌ててシートのへりをつかんだ。

車のサイドから、ボディを蹴りつけたような音が聞こえてくる。特殊な遮音材が使われているとはいっても、直接車体に衝撃を受ければ、内部にも音は響くらしい。

車は右へ左へと小刻みに移動し、僕たちはダンスでも踊るみたいに、全員が同じ方向へ上半身を揺り動かした。

一体、どんな動体視力を持っているのか、あるいはプロのドライバーだったら、これくらいのことは当然のようにできてしまうものなのか、長谷部さんは一番広い空間を見つけては、そちらへ瞬時にハンドルを切っているようだ。

彼の無謀な決断に、最初は慌てたが、なるほど、この調子ならなんとかなるかもしれない。

僕がかすかな希望を抱いたそのとき、

「おっちゃん、危ない！」

助手席のシートにしがみつき、前方の様子をうかがっていたジュンが大声を張りあげた。

いきなり、視界が開けた。ブナの大木が左右に分かれ、僕たちのために道を譲ってくれたような錯覚に陥る。まるで、モーゼの起こした奇跡みたいだ。

むろん、そんなことが本当に起こるはずもない。突然、木がなくなったことには、はっきりとした理由があった。

そこには巨大な岩が貼りついていた。自分がこの林の主であることを主張するかのように、堂々と鎮座している。おそらく、大半は地面に埋まっているのだろう。地上から顔を出した半球状のそれは、巨大な亀の甲羅のようにも見えた。

高さは二メートル以上。乗り越えることは不可能だ。しかし、もうブレーキを踏んでも間に合わない。ワゴンはその岩へとぐいぐい引き寄せられていった。

「怪我しねえように、しっかりつかまってろよ！」

長谷部さんの声が鼓膜を揺さぶる。エンジンが犬の唸り声に似た音を発したかと思うと、車のスピードはさらに上がった。

岩にぶつかる寸前、長谷部さんはハンドルを右へ切った。傾斜四十度近い岩肌に車の前輪が乗り上げる。後輪を地面に残したまま、ワゴンは岩の表面を横方向へとスライドしていった。

大木にぶつかりそうになったところで、今度は逆方向にハンドルを動かす。横倒しになるかならないかのギリギリのバランスを保ったまま、車は岩の外周を移動して向こう側へと到達した。

「やった！」

ジュンが歓喜の声をあげる。

しかし、安堵の吐息を漏らす暇はなかった。

一難去ってまた一難。大木の数が減って、視界は一気に開けたが、その先は急な下り坂となっていた。いや、坂などという生やさしいものではない。それはもはや崖に近かった。

長谷部さんはとっさにブレーキを踏み込んだようだが、そんなものはなんの役にも立たない。身体がふわりと宙に浮く。ジェットコースターに乗ったときに味わう、あのお腹のあたりがきゅうっと縮まる感覚に襲われた。

先ほどまでとは比較にならない衝撃が伝わってくる。シートから振り落とされないよう手すりをつかむこと以外、できることはなにもなかった。もはや、どちらが空でどちらが地面なのかもよくわからない。

まぶたを強く閉じ、歯をくいしばる。

おそらく、十秒にも満たない出来事だったのだろう。しかし、僕にはそれが何十分にも何時間にも思えた。

2

衝撃がおさまり、静寂が訪れる。

僕はおそるおそるまぶたを開いた。あれだけ強烈なショックがあったにも拘わらず、ガラスが割れたり、車内のものが破損している様子はない。ゆっくりと手足を動かしてみたが、とくに痛むところもなかった。

「う……うん……」

すぐ近くから弱々しいうめき声が聞こえてくる。周りに視線を移すと、ほのかが通路に横たわっていた。

「大丈夫？」

席を離れ、ゆっくりと彼女を抱き起こす。

「あ……平気です」

額に手をやりながら、ほのかは答えた。シートから放り出されたとき、床にぶつけたのだろう。額の生え際が赤く腫れ、小さなコブになっている。

「よかった。あれだけ揺れたのに、爆発しなかったんですね」

彼女の口調はしっかりしていた。僕を見る視線も不自然に揺らいだりはしていない。

「……みんな、無事か？」

長谷部さんの声が届く。

「なんとかね」

最初に答えたのはジュンだった。助手席にしがみついたままの状態で、肩を小さく動かす。

「信じられないけど、あたしも生きてるよ。よっぽど日ごろの行ないがよかったのかねえ」

続いて、神田さんが答えた。

「西園寺さんは？」

ほのかが尋ねる。あれだけひどい衝撃を受けたのだ。傷口が開いた可能性も考えられる。

心配になったが、

「怪我人がいるんだから、もうちょっとやさしく運転してもらえないかしら？　おかげで目が覚めちゃったじゃない」

相変わらずの憎まれ口が返ってきたので、僕はほっと胸を撫で下ろした。すぐにパニックを起こすわりに、身体のほうは意外と丈夫にできているらしい。

「どこよ、ここ?」

ポメラニアンの問いに、すぐに答えられる者はいなかった。窓の外には、先ほどと変わらず、ブナの大木が鬱蒼と生い茂っていたが、前方に視線を移すと、そちらは伐採されたのか、幅十メートルほどの道がまっすぐ伸びている。

短く刈られた芝の上には、自宅の風呂桶程度の大きさの古ぼけた木箱が、等間隔で並べられていた。木箱と木箱の間は一メートルほどしか空いておらず、このまま先へ進むのは困難だ。

「これ……なんなんでしょう?」

木箱の列は、ずっと先のほうまで続いていた。どことなく、外国の墓地を連想させる。もし、あれらの箱ひとつひとつに死体が収まっているとしたら——そう考えると、背すじが冷たくなった。

「どうやら、ヨーホージョーらしいな」

いかつい顔をカーナビに近づけながら、長谷部さんが答える。すぐにはなんのことかわからなかったが、木箱の脇に描かれたミツバチのイラストを見て、そこが養蜂場であることに気がついた。目を凝らすと、確かに箱の周りを大量の蜂が飛び回っている。

「この養蜂場をまっすぐ突き進めば、県道に出るみてえだな」

「まっすぐ突き進めばって……箱が邪魔で進めないだろう？　どうするつもりだよ？」

　神田さんの質問に対し、長谷部さんは無言で背後を指差した。

　振り返り、窓の外を確認する。ほとんど崖にしか見えない急斜面には、タイヤの痕がくっきり残っていた。

「あそこから滑り落ちたっていうのに、なんのダメージも受けなかった頑丈な車だぜ。古ぼけた箱くらい、簡単に跳ね除けられるだろうさ」

　長谷部さんは最後までいい終わらぬうちに、車を急発進させた。次の衝撃に備えて、僕は手すりをつかんだ。

　ワゴンは真正面から養蜂箱へとぶつかっていった。長谷部さんのいったとおり、衝撃はほとんど感じられない。踏切での一幕や、先ほどの大アクションを経験したあとだと、逆になんだか物足りない気分になってくる。

「どうした？　小僧」

長谷部さんの声が聞こえた。

「こういうときは必ずはしゃいでたくせに、ずいぶんとおとなしくなっちまったじゃねえか。もうオネムの時間か？」

「……いや、別に」

そう答えたジュンの横顔は、これまでと違い、ひどく青ざめている。

彼の異変に、神田さんも気づいたのだろう。

「まさか、あんた。さっきの衝撃でどこか怪我でもしたんじゃないだろうね？」

「なにいってんだよ？　ぴんぴんしてるってば」

ジュンはこちらを振り返り、両腕を振り上げてみせた。確かに怪我をしているようには見えないが、しかしその口調に先ほどまでの快活さは感じられない。

一体、どうしたというのだろう？

怪訝に思っていると、隣からほのかの短い悲鳴が聞こえた。何事かとそちらを見やる。

「ハチ……」

ほのかは首をすくめ、怯えた様子でウィンドウを指し示した。

外の光景に、ぎょっと目をむく。

車の周囲を黒い塊が取り囲んでいた。大量のミツバチが、群れを成して飛び回っている。住処を壊されたことに腹を立てたのか、執拗《しつよう》に僕たちを追ってくるように見えた。

背後にただならぬ気配を感じ、僕はリアガラスへと視線を移した。

「うわっ！」

そこに広がる異様な光景に、無様な叫び声をあげる。

リアガラスを隙間なく埋め尽くしていたのは大量のハチだった。無数の目玉がそれぞれ無秩序に動き回り、僕たちを威嚇してくる。それはまるで、異形の巨大モンスターのようだった。

「地獄絵図だね、こりゃ」

神田さんが二の腕をさすりながら呟く。

「この車から早く降りたいとずっと思っていたけどさ、今だけはここへ閉じ込められていることに感謝の念を抱いちまうよ」

「同感だな。危険はねえだろうが、あまり楽しい場所でもなさそうだし、さっさと通過しちまったほうが身のためだ」

長谷部さんはそういうと、車のスピードをさらに上げた。

密集するハチとハチの間から、外の様子をうかがう。養蜂場に人の姿は見当たらなかった。

午後六時。まもなく日が暮れる時刻だ。今日の作業を終えて、自宅に戻ったあとなのだろう。明日ここへやって来たら、変わり果てた惨状に驚くに違いない。一体、どのくらいの損害になるのか、僕には見当もつかなかった。

養蜂場の経営者には申し訳ないことをしたと思うが、こちらだって命がかかっている。彼らへの償いは、すべてが終わったあとに考えればいいだろう。今はまだ、そんな余裕を持つことなどできそうにない。

突然、頬に冷たい風が当たった。

同時に、ドリルの回転するような音が聞こえてくる。

何事かとあたりを見回し、僕は激しい戦慄を覚えた。

どれだけスイッチを押しても動かなかったウィンドウが、ゆっくりと下がり始めている。これ幸いとばかりに、攻撃の機会をうかがっていたハチたちが車内への侵入を開始した。

飛び交うハチをよけながら、開閉スイッチに手をかける。しかし、僕の操作を受けつけることなくウィンドウは瞬く間に全開となった。

隣からはほのかの悲鳴が、前方からは神田さんの慌てふためく声とポメラニアンの超音波が不協和音となって聞こえてくる。どうやら、すべてのウィンドウがいっせいに開いたらしい。黒い煙が充満したかのように、車内はハチであふれかえった。

「落ち着け。みんな、じっとしていろ。焦って振り払ったりするなよ。ハチは動くものに敏感に反応する習性があるからな」

長谷部さんの言葉に従い、その場にうずくまる。

手の甲に三匹のハチが止まったが、僕は身動きひとつせず、息を殺して敵が立ち去るのを待った。

3

小学生の頃、ハチに刺されて指先がぱんぱんに腫れあがったことを思い出す。

脳天に突き刺さる激痛は、これまでに経験したどの痛みよりも強烈だった。二度とあんな思いはしたくない。

身体全体に、じんわりと汗がにじみ始める。車が振動するたび、僕は肝をつぶさなければならなかった。もう養蜂場は通り過ぎたのだろうか？　現在地を知りたくても、顔を上げて確認することができない。

　うなじのあたりで、なにかがもぞもぞと蠢《うごめ》く。ハチが這いずり回っているのだろう。安易に振り払うことができず、僕はその拷問に耐え続けるしかなかった。

　大きな羽音と共に、ほかの固体とは明らかに異なる形のハチが三匹、僕の目の前を横切った。

　巨大な目は、夢鶫のかぶっていた仮面を彷彿とさせる。屈強そうなあごは悪役そのものだ。虫の種類などほとんどわからない僕にも、それがミツバチよりも凶暴なハチであることは容易に推測できた。

「絶対に動いてはいけません。スズメバチです」

　ほのかの声が耳に届く。

「どうして？　ここは養蜂場だろう？　飼っているのはミツバチだけなんじゃないのかい？」

「スズメバチはミツバチの子を捕食しますから。とくにこの季節は、ミツバチの巣を狙って数多く集まってくるそうです」

　冗談じゃない。

　僕は震えあがった。

ミツバチに較べ、スズメバチの毒性はひじょうに高い。スズメバチに襲われて死亡するケースも少なくないと聞く。年に何回かは、そのようなニュースを耳にするではないか。

「あああああああああああ」

どこからか低いうめき声が聞こえてきた。亡者が地獄の底から助けを求めているような――そんな叫びに不吉な予感を覚える。

「おい。どうした？」

不意にブレーキがかかり、車は急停止した。

「ああああああああああ」

しかし、亡者の声はおさまらない。

「しっかりしろ！」

長谷部さんの怒声が車内に響き渡った。

「おい、誰か手を貸してくれ！」

これまで一度も聞いたことのなかった彼の慌てふためく口調に、ただならぬ事態を察して顔を上げる。

車の中を飛び回るハチの数は、ずいぶんと減少していた。すでに養蜂場を通過したらしく、車外にもハチはほとんど見当たらない。
運転席から長谷部さんが飛び出してくる。
スライドドアの前には、黒い人影が立ち尽くしていた。いや、違う。人だと思った
それはハチだった。
リアガラスにびっしりと貼りついて巨大なモンスターを形作っていたハチの大群を
思い出す。
最初は、密集した無数のハチが偶然、人の形に見えただけなのかと思った。だが、
それにしてはあまりにもリアルだ。本物の人間と同じように、その人影の手足は動い
た。
「ああああああああああああああ」
しかも、先ほどからずっと聞こえてくる亡者のうめき声は、その人影から発せられ
ている。
車内を一望し、ジュンの姿が見当たらないことに、僕はようやく気がついた。
「ああああああああ……た……たす……けて……」
思わず言葉を失う。
それはジュンの声だった。

ハチが人の形を作っていたわけではない。ジュンの身体に、隙間なくハチが貼りついていたのだ。

「しっかりしろ、小僧。今、助けてやるからな」

長谷部さんの声がしたほうに、ジュンが両腕を伸ばす。大量のミツバチで覆われたそれは、焼けただれて今にも剥がれ落ちそうな皮膚のように見えた。グロテスクなその姿に、僕の胃袋は奇妙な音を立てる。

「オレ……以前、ハチに刺されて息ができなくなったことがあって……だから、ハチに刺されるとヤバいんだ……助けて……お願いだから……助けて……」

「待ってろ。心配するな。大丈夫だから」

長谷部さんはミネラルウォーターを一本つかむと、中身を口に含んで、ジュンの身体に吹きかけた。

翅が濡れることを嫌がったのか、数十匹のミツバチがいっせいに宙へと舞い上がる。僕はパーカーを脱ぐと、それを勢いよく振り回し、窓の外へとハチを追いやった。

長谷部さんがジュンの身体に水を吹きかけ、驚いて逃げ出したハチを、僕たちが外へ追いやる。その行為を何度か繰り返すうちに、ハチは車内からほとんど姿を消していた。

「ありがとう……助か……」

そこでジュンの言葉は途切れた。そのまま、床の上へ仰向けで倒れる。彼の顔は、もとの形がわからないほどに醜く腫れあがっていた。

ジュンは激しく咳き込むと、茶色く粘ついた液体を口から吐き出した。その中からハチが出てくる。どうやらミツバチは、彼の口の中にまで侵入していたらしい。

「あ……ウィンドウが」

ポメラニアンの声が聞こえた。

全開だった車内のウィンドウがいっせいに上がり始める。このままだと、僕たちはまた車内へ閉じ込められることになってしまう。

僕は慌ててスイッチに手をかけたが、これまでと同様、操作することはまったくできなかった。

なんなんだ？　この車は。

再び閉ざされたウィンドウを見つめながら、そうひとりごつ。

戸惑う僕たちを嘲笑うかのように、エンジンが軽くノッキングした。まるで、車そのものが明確な意思を持って動いているかのようだ。

ジュンの咳がようやく治まる。これでひと安心かと思ったら、今度は手足を小刻み

に震わせ始めた。かっと見開いた目はまるで焦点が合っていない。陸に上げられた魚のように、

「あああああああああああああああ」

低いうめき声と共に、口から白いあぶくが噴き出した。

彼の身体は激しく痙攣し始める。

「まずい。アナフィラキシーショックだよ」

ジュンの手首をつかんだ神田さんの表情が、一気に険しくなった。

「エビネフリンを投与しないと命に係わる状況だ。運転手さん、すぐに病院へ向かってもらえるかい？」

彼女が早口でまくしたてる間にも、ジュンの容態は悪化していった。うめき声がぴたりと止まる。身体は痙攣を続けていたが、白目を向いたその顔は、もはや意識があるようには思えない。

「なにぐずぐずしてるんだよ。急いでおくれ！」

「……看護師さん。病院へ行くのは無理だ」

長谷部さんはうなだれたまま、首を左右に振った。

「ナビはこのまま直進して、ハイウェイに入れと指示を出してる。残念だが、病院へは向かえない」

「あんた、正気かい？」

ジュンの口に指を入れ、彼が窒息しないよう泡をかき出しながら、神田さんは声を荒らげた。

「このままだと、この子は死んじまうんだよ。今すぐ病院で適切な処置を行なわないと――」

「道をそれて病院へ向かえば、車は爆発して、全員が死ぬ。どの道、小僧は助からねえんだよ」

彼はそう吐き捨てると、苦い表情を浮かべたまま、まっすぐ運転席へと向かった。

「ちょっとあんた――」

神田さんの叫び声を無視して、車を発進させる。ハンドルを握ったその手は、かすかに震えていた。

……なんだよ、これ。

ぼんやりその場に立ち尽くしたまま、僕は虚空を見据えた。なにもできない己の無力さを痛感する。

緩やかな右カーブで、バランスを崩す。肩を支えてくれたほのかに促され、僕はシートに腰を下ろした。

赤く染まった西の空を正面に見ながら、ワゴンはブナ林を離れて舗装された道路へと合流した。

床の上を這っていたミツバチを、右足で強く踏みつける。ぺちゃんこにつぶれるまで、何度も何度も踏み続けた。ハチの身体から漏れ出した液体が、床を黒く汚していく。

神田さんからジュンの死を告げられたのは、車がETCゲートを越えてハイウェイへ進入したときだった。

第6章　殺意

1

ハイウェイを西へと進むうちに、真っ赤な太陽は姿を消し、僕たちを乗せた車は夜の帳に包まれることとなった。

あらかじめタイマー設定されていたのか、午後七時を回ったところで、天井に設置されたシャンデリアが淡い光を灯す。

暗闇から脱け出したとき、たいてい人は安堵するものだが、その逆のパターンもあることを、僕はこのとき初めて知った。

目前の光景に、思わず視線をそらす。床には嘔吐物が生々しく残されたままだった。掃除したくとも、相応の道具がないのだからどうすることもできない。

ジュン本人は、僕のひとつ前の席に横たわっている。神田さんと協力して運んだのだが、情けないことに、僕は変わり果てたジュンの遺体を見て、少し吐いてしまった。

床の嘔吐物の一部はジュンではなく僕のものだ。

あれほどふくれあがっていた彼の身体は、生命活動を停止すると同時に一気にしぼみ、あとには不気味な黒い斑点だけが残された。紫色の皮膚はかさかさに乾き、生前の面影は少しも残っていない。つい先ほどまで憎まれ口を叩いていた少年だとは、どうしても思えなかった。

ハイウェイに入って、かれこれ一時間が経とうとしているが、誰一人しゃべろうとする者はいなかった。かといって眠っているわけでもなく、みんなシートにもたれかかった状態で、ぼんやりと前方を見つめるばかりだ。

時折、カーナビだけが冷たい女性の声で指示を出す。車内に響く音はそれだけだった。

このワゴン内で目を覚まし、夢鵺なる人物から一方的なルールを押しつけられたときは、死の恐怖に怯えはしたものの、まだ心のどこかで身の安全を信じていた。

手の込んだサプライズパーティーなのではないか？　どこかに隠しカメラが仕掛けてあって、怯える僕たちを見て楽しんでいるだけなのでは？

エンジンルームに爆弾が仕掛けられているというのは単なる脅しで、ルールさえ守れば無事に帰れるのだと信じて疑わなかった。

だが、ジュンが息を引き取ったことで、その思いは霧散した。

彼が死んだことは疑いようのない事実だ。実際に、この手で遺体に触れたのだから間違いない。死んだふりをしているとか、精巧に造られた人形だということは、絶対にあり得なかった。

現実に人が亡くなったのだから、もしこれが誰かの企画したサプライズパーティーであるのなら、即刻中止とならなければおかしい。しかし、いまだそうなる気配がないということは、夢鴉の言葉ははったりでもなんでもなく真実だったわけだ。

一刻も早く、彼にジュンが死んだことを伝えなければならない。イレギュラーな出来事が発生したのだから、ドライブは中止だ。夢鴉だって、この事実を知れば、慌てふためくだろう。

……いや、本当にそうなのだろうか？

開かずの踏切の強行突破。崖からの転落。僕たちは何度も危険な橋を渡らされてきた。運のよさと長谷部さんの運転テクニックで、なんとかここまで無事に走ってくることができたが、一歩間違っていたら大惨事に巻き込まれていたに違いない。下手をすれば、全員死んでいただろう。

もしかして、夢鴉は僕たちを生かすつもりなど、端から持っていないのでは？

ジュンの死も、ただの事故とは思えなかった。それまでなにをしても下りることのなかったウィンドウが、養蜂場の中を走っているときに限って勝手に開いたのだ。そこには明らかな悪意が感じられた。

おそらく、僕たちは監視されている。そうでなければ、あんなにもタイミングよくウィンドウが下りるはずはない。ジュンが死んだことも、夢鴉は把握しているに違いない。それでもこの馬鹿げたドライブが中止にならないということはつまり――今もまだ、夢鴉の計画どおりに事は進んでいるわけだ。

「……ねえ」

不意に声が聞こえた。

張り詰めていた空気に亀裂が入り、止まっていた時間がゆっくりと動き出す。

「神田さんだったっけ？　あなた、結婚はしているの？」

沈黙を破ったのは、ポメラニアンだった。それまでのヒステリックな様子は影をひそめ、落ち着いた口調で尋ねる。

「いや、独身だけど」

間髪入れず、神田さんは答えた。

「そうよね。あなた、見るからに仕事が生きがいって感じだもん。……あ。馬鹿にしているわけじゃないのよ。そういう生き方もあるってことはわかってるつもりだから。とはいっても、あたしには絶対できない生き方だけどね」

「なんなの？　突然」

ポメラニアンの生意気ないいぐさに、当然ながらよい感情は抱かなかったらしい。

神田さんは不機嫌そうに顔を歪めた。

しかし、ポメラニアンは彼女の問いかけを無視して、

「ねえ、運転手さんは？」

今度は長谷部さんに話しかける。

「指輪をはめてるから結婚してるんでしょうけど、子供はいるの？」

「ああ。娘が一人。来年、高校生になる」

前方を見つめたまま、長谷部さんは無愛想に答えた。

「だったらわかるでしょ？　子供を失うことの悲しみが」

「……なにがいいたい？」

「この子の母親のことを考えていたの」

ちらりと背後の席に目をやり、ポメラニアンは続けた。

「息子が亡くなったことを知ったら、母親はどうなっちゃうんだろうって」

「…………」

「たぶん、一緒に行動していたあたしたちのことを責めるでしょうね。人殺しって罵《のの》し られるかもしれない。罵って、罵って、でも大切な息子を失った悲しみは絶対に埋め ることができなくって、ずっと苦しみ続けるの。地獄の毎日。……可哀想に」

彼女はそこまでひと息にしゃべると、うなじに貼りついた髪を神経質そうに剥がし て、さらに言葉を紡いだ。

「みんな、気をつけたほうがいいわよ。その子の母親に逆恨みされて、命を狙われる ことになるかもしれないから」

口の端を軽く曲げ、ポメラニアンは小さく微笑んだ。

なぜ笑っているのか、その理由がよくわからず、僕は彼女に薄気味悪いものを感じ た。

「俺たちの命が狙われる？　くだらねえ。そんなことにはならねえよ」

長谷部さんが反論する。

「一緒にいたのにどうして助けられなかったの？　と責められることはあるかもしれ ねえが、まさか殺そうとまでは思うものか」

「甘いわね」

ポメラニアンは鼻を鳴らした。

「やっぱり父親の愛情ってその程度のものなんだ。あいつとおんなじ」

肩を上下させ、嘲笑を浮かべる。

「あたしはハル君の死に関わったすべての人を殺してやろうと思ったけど」

心の奥底に溜まった真っ黒な澱《おり》を吐き出すかのように、彼女は声を荒らげた。

「……ハル君？」

「たった三年しか生きられなかったあたしの息子よ。ハル君の命を奪った男はもちろん、その場に呆然と立ち尽くすばかりで救いの手を差し伸べてくれなかった近所の馬鹿連中も、手術を成功させることができなかったヤブ医者も、薄っぺらいお悔やみの言葉を口にするだけの弔問客も、みんな死んでしまえばいいと思った。一番死ななくちゃいけなかったのは、ハル君からうっかり目を離してしまったあたしなんだけどね」

ポメラニアンは鼻水をすすり上げると、窓の外に顔を向けた。

「ねえ、運転手さん」

じっとウィンドウを見つめたまま、声を絞り出す。

「なんだ？」

「もう絶対に邪魔はしない。取り乱したりもしないから……だから絶対に、このドライブを最後まで遂行させてね」

「いわれなくてもそうするつもりだが……どうした？　ずいぶんとものわかりがよくなったじゃねえか」

「だって……もし、この車が爆発して、あの子の骨さえ残らなかったら、きっと母親はやりきれないはずだから。キレイな身体のまま、母親のもとへ届けてあげなくっちゃ」

　しんみりとした口調のまま、彼女は続けた。

「それに……あたしだって死ねないもの。あたしが死んだら、誰がハル君のお墓を掃除するの？　誰がハル君のことを思い出してくれるの？　だから……絶対に生きて帰らなくっちゃ」

「ああ、そうだな」

　長谷部さんが穏やかに答える。ルームミラー越しに見えた彼の目もとは、わずかに潤んでいるように見えた。もしかしたら、娘さんのことを思い出したのかもしれない。

　子供は三人以上ほしいな。

　舞衣の笑顔がまぶたに浮かんだ。

全然、多くなんかないって。たくさんいたほうがにぎやかで楽しいってば。

絶対にやって来ると信じて疑わなかった未来を思い出し、胸が張り裂けそうになる。

僕は暴れる心臓を押さえ、深呼吸を繰り返した。

「……大丈夫ですか？」

ほのかが心配そうに、こちらを見る。

「ああ」

口もとを緩めてそう答えたが、うまく笑えたかどうか自信はなかった。

2

ハイウェイ上では、何台もの車と横並びになった。

スポーツカーに乗ったカップルは笑みを交わしていた。ファミリーカーを運転する男性は、後部座席でつかみ合いの喧嘩を始めた子供たちの様子を、ルームミラー越しにうかがっている。頭にタオルを巻いたトラック運転手は、ご機嫌な様子でなにやら熱唱していた。

うさぎのぬいぐるみを小脇に抱えた女の子が、笑顔でこちらに手を振った。僕も振り返す。まさか、僕の前に遺体が横たわっているなんて、彼女には想像できるはずもないだろう。

午後九時。タイムリミットまであと二時間しかない。

僕は目を凝らし、運転席横のカーナビを確認した。到着予定時刻は午後十時五十分。養蜂場でもたついてしまったため、猶予はあまり残されていなかった。ハイウェイでスピードを上げることもできたが、覆面パトカーに捕まってしまったら元も子もない。

車はカーナビの指示に従って一般道へと下りた。町を離れ、ひと気のない山道へと入っていく。

気がつくと、あれだけたくさん走っていた車は一台もいなくなり、外灯も姿を消して、闇を照らす明かりは、僕たちを乗せたワゴンのヘッドライトだけとなってしまった。

大きな不安が津波となって一気に押し寄せてくる。

僕たちがハチに襲われたのは、ほかに誰の姿も見当たらない林の中だった。あのときとよく似た状況に、胸騒ぎを覚えずにはいられない。

道は次第に細くなり、右へ左へと急激なカーブを繰り返した。そのたびに、前の座席ががたりと音を立てる。揺れに合わせて、ジュンの遺体が動いているのだろうが、もう一度あの変わり果てた遺体を目にするのはつらく、僕は気づかないふりを続けた。

窓の外は真っ暗で、ほとんどなにも見えない。ガードレールはところどころ破損しており、事故の多さを物語っていた。

次第に坂の傾斜がきつくなり、エンジンが苦しそうなうなり声をあげた。舗装工事もあまりされていないのか、時折車体が激しく上下に揺れる。

「いつまでもこんな道が続いたら、そのうち酔っちまうよ」

神田さんが眉をひそめて苦言を呈した。

「この先もまだまだこんな感じなのかい？」

「峠をひとつ越えなきゃならねえからな。しばらく我慢してくれ」

フロントガラスとカーナビを交互に確認しながら、長谷部さんは答えた。彼の運転だからこそ、まだこの程度の衝撃ですんでいると考えるべきだろう。カーナビに表示されたルートは、落ち着きのない蛇のように、激しくうねっていた。

隆起したアスファルトに乗り上げたのか、車体が大きく揺れ動く。同時に、天井付近から物音が聞こえた。

何事かと視線を上に向ける。シャンデリア前方に取りつけられたサンルーフにわずかな隙間ができあがり、そこから冷たい風が入り込んでいた。

予期せぬ現象を目の当たりにし、心ともなく腰を浮かせる。

サンルーフは神田さんとポメラニアンが座るシートの真上に位置していた。二人は首を曲げ、あっけにとられた表情で頭上を見つめている。

僕は席を離れると、神田さんの横に立ち、スニーカーを脱いだ。

「ちょっと失礼します」

そういって、シートの手すりに足を載せる。

「なんだ？　どうしたんだ？」

状況の呑み込めていない長谷部さんが、戸惑いの声を漏らした。

「なぜかはわからないけど、いきなりサンルーフが開いたんだ。もしかしたら、脱出できるかもしれないよ」

僕に代わって、神田さんが答える。

たび重なる衝撃で、ロックがはずれたのかもしれない。なんにせよ、このチャンスを逃すわけにはいかなかった。

振り落とされぬよう、天井に伸ばした左手で身体を支え、右手でサンルーフの端をつかむ。

サンルーフのガラス窓は十センチほどスライドしたところで止まっていた。それ以上開けようとしても、なにか引っかかっているのかびくとも動かない。なんとかして外に出られないものかと、無理やり頭を押し当てたが、すり抜けられるようなスペースではなかった。

「ダメだ」

座席から飛び降り、乱れた髪の毛を軽く撫でる。

「あと少し開いてくれれば、脱出できるかもしれないのに」

「おい、無茶はするなよ」

長谷部さんはそういいながら、ギアを入れ替えた。エンジンブレーキがかかり、一気にスピードが落ちる。

「峠を越えた。ここから下り坂だ」

「慎重にね。間違っても、事故なんて起こさないでおくれよ」

神田さんの言葉に、彼は黙って左手を上げた。

「ねえ。あたしならなんとかなるかも」

サンルーフを見上げながら、不意にポメラニアンがいった。

「あたし、みんなよりも頭が小さいし、身体も細いから」

「胸も小さいしね」

神田さんが笑いながらいう。

ポメラニアンは彼女をひと睨みすると、ハイヒールを脱いで、シートの上に立ち上がった。いっときに較べれば、ずいぶんと元気になったようだが、しかし血まみれのキャミソールと左手首に巻かれた止血帯は、今も痛々しいままだ。

シートは柔らかく不安定なため、ポメラニアンはバランスを崩して倒れそうになった。僕と神田さんで、慌てて彼女の身体を支える。細くすらりと伸びた脚は、間近で見ると骨の形がはっきりとわかるくらい肉がついておらず、正直気味悪く感じられた。

「やめとけ。危ねえって」

「出られるかどうか、ちょっと試してみるだけだから」

ポメラニアンはそう答えると、ふらつきながらサンルーフへ両手を伸ばした。

危なかしくてしょうがない。いつ倒れてきても対処できるよう、僕は彼女の足もとで両腕を広げて待機した。

ポメラニアンはサンルーフのわずかな隙間に頭を押し込むと、ゆっくり上半身を伸ばしていった。あっという間に、胸から上が車外に出る。僕のときと違って、彼女の身体はたやすくサンルーフをすり抜けた
「出られる！　あたし、出られるよ！」

彼女の弾んだ声が、天井から降ってくる。

「運転手さん、車を止めて。あたし、ここから外へ出て、助けを呼んでくるから」

「ダメだ。席に戻れ」

長谷部さんの態度は素っ気なかった。自分の忠告を無視して勝手に動いたことが癪《しゃく》にさわったのか、不機嫌そうにギアを動かし続けている。

「なに？　あたしだけ助かることが気に入らないの？　イヤよ。あたしはここから脱出する。だって、せっかくのチャンスじゃない。このまま席に戻ったら、またなにかの拍子でサンルーフが閉まってしまうかもしれないでしょ？」

「たとえ外に出られたとしても、こんな山奥じゃ、のたれ死ぬのが関の山だぞ。そこから脱出するのは、山を下りてからにしておけ」

長谷部さんの声に重なって、どこからかモーター音が聞こえてくる。

「それはそうかもしれないけど……」

僕は耳を澄ませた。音はサンルーフから響いている。

「わかったわよ。いったん席に戻って、町が見えたら、あらためて外へ出ることにするわ。それでいいんでしょ？」

「ああ」

長谷部さんは頷きながら、ハンドルを右に切った。タイヤがきゅるきゅるとイヤな音を立てて横滑りを始める。車体は大きく左へとふくらみ、今にもガードレールにぶつかりそうになった。

座席から立ち上がったままだった僕はたたらを踏み、スライドドアに勢いよく背中をぶつけた。一瞬、息ができなくなる。

「ちょっと、あんた。スピードを出しすぎなんじゃないのかい？」

神田さんが運転席に向かってがなりたてる。

「すまねえ」

長谷部さんは顔色を変えて答えた。

「……さっきから、フットブレーキがまったく利かねえんだ」

3

車内の空気が不穏に揺れ動く。

「……え？」

間抜けな声を漏らしたのは神田さんだった。

「ちょっとあんた。こんなときに、冗談はやめてもらえる？」

「冗談じゃねえよ」

ハンドルを右へ左へと回転させながら、長谷部さんは怒鳴った。

「エンジンブレーキもパーキングブレーキも役に立たねえ。しっかりつかまってろ！かなり揺れるぞ！」

「ちょっと……ブレーキが利かないってどういうことだい？」

「俺にだってわかんねえよ！」

ヘッドライトの照らす先には、曲がりくねった下り坂が続いている。長谷部さんが早口でしゃべる間にも、車のスピードはどんどん上昇していった。

車の右側面がガードレールに接触する。激しい衝撃と共に、窓の外にはオレンジ色の火花が飛び散った。

ジュンの遺体が、シートから転がり落ちる。ぐしゃりと身体の組織のつぶれる音が聞こえ、床に赤黒い液体が広がった。

スライドドアの前でしゃがみ込んでいた僕のところにも液体は流れてきたが、もはやそんなことを気にしている余裕はなかった。片手で手すりをつかみ、もう片方の手で頭をかばって次の衝撃に耐える。

「おい。いつまでそうしているつもりだ？　早くそこから離れろ！」

長谷部さんの怒声が響いた。頭上を見上げると、ポメラニアンはまだ胸から上を車の外に出した状態で、シートの上に立っている。

「……身体が動かないの」

わずかに開いたサンルーフの隙間から、不安げなポメラニアンの声が聞こえてきた。

「は？　なんだって？」

「なんだかおかしいの、これ。さっきは簡単に頭を押し込むことができたのに、今はまったく身動きがとれないんだけど」

彼女の言葉に混ざって、モーター音が聞こえてくる。僕はようやく、それがサンルーフの閉まる音だということに気がついた。

ポメラニアンの横に立ち、サンルーフに手を伸ばす。両腕に力をこめ、隙間を広げようとしたが、サンルーフは閉まろうとするばかりで、思いどおりには動いてくれない。

「西園寺さん。少し我慢してくださいね」

そう断って、ポメラニアンの腰に手を回す。そのまま引きずり下ろそうとしたが、

「痛いっ！　痛いってば！」

彼女が悲鳴をあげたので、力を緩めざるを得なかった。

そうしている間にも、車のスピードはさらに上がった。長谷部さんは車体の側面を山壁にこすりつけ、無理やり停止しようと試みているが、坂の勾配がきつすぎて、減速する様子はまったく見られない。

「なに、これ？　ちょっと、どうなってるの？」

次第に、ポメラニアンの声が甲高くなっていく。

「ねえ、ちょっと……あれ」

顔色を変えた神田さんが、震える指で前方を指差した。

ヘッドライトの照らす先にトンネルが見えた。トンネルは小さく、この車がようやく通れるほどの幅しかない。〈高さ制限2・4メートル〉と記された標識が目の前に現れる。このワゴンの車高は二メートル以上ありそうだ。車自体は難なく通り抜けられるだろうが、問題はサンルーフに身体を挟まれ、身動きがとれなくなっているポメラニアンだった。

「止めて！」

彼女も自分の身に迫った危機に気がついたらしい。悲痛な叫び声があたりに響き渡る。細い二本の脚がじたばたと動いた。

「なにやってんのよ！　このままじゃぶつかっちゃう！　早く車を止めて！」

「長谷部さん！」

思わず僕も彼の名を呼んでしまったが、長谷部さんが最大限の努力をしていることはわかっている。これ以上、どうすればいいというのだ？

「できるだけ低く頭を下げてろ！」

長谷部さんの声が車内に轟いた。

「神田さん、手伝ってください！　ほのかさんも！」

僕はポメラニアンの腰にしがみつくと、力いっぱい彼女の下半身を引っ張った。

「早く！　早く助けて！」

暴れ回る彼女の脚が、僕の頬を蹴りつけてくる。口の中を切ったのか、血の味が広がった。

「いやあああああああっ！」

「ダメだっ！　間に合わないいっ！」

ポメラニアンの悲鳴と神田さんの声が、同時に耳に届く。

ぐしゃり。

重たいもののひしゃげる音があたりに響いた。激しく動いていたポメラニアンの脚が、ぴたりと動きを止める。悲鳴もやんでいた。
頭上を見上げた途端、僕の顔に大量の血の雨が降り注いだ。
ポメラニアンの身体がシートの上に勢いよく落ちてくる。
僕は喉もとを押さえた。背後からほのかの悲鳴が聞こえてくる。
ポメラニアンの身体は、胸部から上が存在しなかった。
無惨に引き裂かれた断面から、どくどくと音を立てて血があふれ出す。
その地獄のような光景に、僕はただ呆然とたたずむしかなかった。

第７章　疑心

1

トンネルを抜けると、今までの暴走が嘘であったかのように、ワゴンは急激にスピードを落とした。

長谷部さんは路肩にワゴンを停めると、運転席を飛び出し、後部座席へと移動した。真っ赤に染まったシートを見て太い眉をひそめ、床に横たわったポメラニアンの遺体に頭を小さく振る。

「……なにがあった？」

僕に向かってそう尋ねる。だが、答えようがない。僕は黙って首を横に振るしかなかった。

長谷部さんは胸から下しか存在しないポメラニアンの遺体に両手を合わせると、ゆっくり視線を頭上に向けた。いつの間にやら、サンルーフはぴったり閉じられている。

真っ赤に彩られたシートに土足で飛び乗り、鮮血が飛び散ったサンルーフに手をかけた。しかし、スライド式ルーフはびくとも動かない。

「やはり罠だったか」

苦虫を噛みつぶしたような表情を浮かべ、彼はいった。

「……罠？」

「突然、サンルーフが開いたのも、ブレーキが利かなくなったのも、すべて仮面野郎の仕業だったたってことだ。そうじゃなければ、トンネルを抜けた途端に都合よくブレーキが直るはず――」

最後までいい終わらぬうちに、カーナビが警告音を発し始めた。全員の視線が、そちらを向く。

「なんだよ？　ルートはそれてねえはずだろ？」

「そうじゃないよ。到着予定時刻を見てみな」

神田さんにいわれたとおり、僕はパネルの左上を確認した。到着予定時刻は赤文字で表示され、警告音に合わせて点滅を繰り返している。午後十一時二分――このまま予定どおり進めば、タイムリミットを二分超過することとなってしまう。

「やべえ。急がねえと」

長谷部さんはそう口にすると、慌てた様子で運転席へ戻り、車を急発進させた。

僕は背後を振り返り、一番後ろの座席に置かれたタブレットを確認する。


5915……5914……5913……


僕たちに残された時間はあと一時間を切っていた。

「ちょっと待って。この子の上半身は放っていくつもりかい？」

ポメラニアンの遺体を指差し、神田さんはいった。

「きっと、トンネルの入口に残っているはずだろう？」

「看護師さん、あんたの気持ちは痛いほどわかる。でも、俺たちに引き返してる時間はねえんだよ」

長谷部さんはなにかを吹っ切るように、思いきりアクセルを踏み込んだ。

「たとえ引き返したところで、車から降りられねえ俺たちに、一体なにができる？」

「それはそうだけど……」

神田さんは不満げな表情を浮かべた。

「そのうち、俺たち以外の誰かが通りかかる。そいつがどうにかしてくれるさ」

「二人も死んじまったんだよ。それでもまだ、夢鵺とかいう奴の命令に従って、ドライブを続けるつもりなのかい？」

「二人死んだからこそ、俺たちはやり遂げなくちゃならねえんだろうが」

長谷部さんは荒々しく叫んだ。

「仮面野郎は本気だ。ルールを破れば、ためらいなく俺たちを殺すだろう。ここで俺たち全員死んじまったら、それこそあいつの思うツボじゃねえか。小僧やマダムの死を無駄にしないためにも、俺たちは夢鵺とかいうふざけた野郎とのゲームに勝たなくちゃならねえんだよ」

彼の勢いに圧倒され、神田さんはそれ以上なにもいえなくなってしまったらしい。

「どいつもこいつもいかれてるよ」

そう口にすると、ほのかの隣に腰を落とし、腕を組んだままひとこともしゃべらなくなってしまった。

後部座席の大半はふたつの遺体に占拠され、血の海と化している。最後部の座席以外は、とても座れる状況ではなかった。

こうなっては仕方がない。

僕はためらいながら、助手席へと移動した。

長谷部さんがちらりとこちらを見やる。僕は小さく会釈を返すと、シートに深く腰かけた。

助手席は苦手だ。冷静を保とうと意識すればするほど、鼓動は高まっていく。こめかみを冷たい汗が伝った。

シートベルトを装着すると同時に、舞衣の亡霊に足首をつかまれた。喉まで出かかった悲鳴を、慌てて呑み込む。

どうして、私が死ななくちゃいけなかったの?

恨めしそうに彼女は呟いた。

全部、拓磨のせいだよ。

僕には反論することができなかった。舞衣のいうとおりだったからだ。

車内でもっとも危険な場所は助手席だといわれている。事故に遭遇した際、助手席に座っている者の死亡率がもっとも高いことは統計的にも証明済みだ。

前方から障害物が迫ってきた場合、運転手は自分の身を守るため、とっさに助手席とは反対側へハンドルを切ることが多いのだそうだ。つまり、助手席側から障害物にぶつかっていくことになる。だから、舞衣も死んでしまったのだろう。そう——彼女を殺したのは、自分の身が可愛いばかりにハンドルを右に切った僕だった。

「おい、大丈夫か？」

長谷部さんの声で我に返る。

「こんなことになってるんだ。大丈夫なわけねえよな」

「……いえ」

僕はかぶりを振り、舞衣の亡霊を追い払った。

今は感傷に浸っている場合ではない。考えてみれば、巨大な更地を出発してからずっと、僕たちは長谷部さん一人に頼りきりだった。確実に命を狙われているとわかった今、こちらもただ逃げ回るのではなく、命がけで戦う覚悟を持たなければならないだろう。

とはいっても、僕には長谷部さんみたいな腕力もなければ、神田さんのように怪我の処置を行なう能力もない。

僕たちの身になにが起こっているのか——現状を正しく理解し、この不可解な状況を紐解くことこそが、僕に課せられた任務のように思われた。

「……長谷部さん」

呼吸を整え、運転席に話しかける。

「ん？　なんだ？」

しゃべり続けていれば、少しは気がまぎれるはずだ。おたがいの考えをぶつけ合うことで、真実が見えてくる可能性だってある。僕は積極的に会話を交わすことを心に決めた。

「先ほどおっしゃいましたよね。これは全部、夢鵺の企んだことだって」

「ああ。このワゴンは普通の車じゃねえ。様々な細工が施された殺人カーだ。油断するなよ。脅かすわけじゃねえが、ほかにもまだ俺たちを死に至らしめる装置が仕掛けられているだろうからな」

「突然サンルーフが開いたのも、ブレーキが利かなくなったのも、夢鵺の仕業だったわけですよね？」

「ああ、そうだ」

「だけど、そんなにうまくいくものですか？　トンネルにさしかかる直前にサンルーフを開けたり、西園寺さんが上半身をねじ込んだところでルーフを閉じて身動きのとれない状態にしたり、それに合わせてブレーキを壊したり……僕たちの様子を逐一観察してなければ、ここまでタイミングのよい操作はできないと思うんですけど」

「監視カメラでも仕掛けてあるんじゃねえのか？　仮面野郎はどこからか俺たちの様子を見て、楽しんでいるに違いねえよ」

長谷部さんは忌々しげに顔を歪めた。

「ジュン君の一件についてはどう思います？　あれも夢鵺の企んだことだったんでしょうか？」

「もちろん、そうに決まってるさ。養蜂場を通り抜けなければ先へ進めないようルートを設定し、タイミングを見計らってウィンドウを下げたんだろうな」

「だけど、西園寺さんのときとは、状況が少し違っていませんか？　ハチに刺されたからといって、必ず死ぬわけではないでしょう？　ジュン君がアナフィラキシーショックを起こしやすい体質だったのは偶然ですか？　僕にはそうは思えません。夢鵺は彼がアレルギー体質であることを知っていて、あの計画を立てたのだと思います」

「……そういえばさ。あの坊やにだけハチが集まってきたのはどうしてなんだい？」

僕たちの会話に聞き耳を立てていたのか、背後から神田さんの声が聞こえた。

「彼、黒いTシャツを着ていましたよね？」

後部座席の二人にも聞こえるよう、声のトーンをあげる。

「なんだよ、このダサいシャツは？　って文句をいってたっけ」

「神田さん。今身につけている服は、自分のものですか？」

「ああ、そうだよ。面接があるとばかり思っていたから、一張羅《いっちょうら》を用意してきたんだ」

「遠藤さんは？」

振り返って、ほのかに尋ねる。

「……私も自分の服です」

神田さんの隣で緊張しているのか、背すじを伸ばしたまま、彼女は答えた。

「長谷部さんが着ているツナギは会社から支給された作業着ですよね？　おそらく、西園寺さんのワンピースも自分のものだったのでしょう」

そうでなかったなら、彼女の性格からして、きっと大騒ぎしていたはずだ。

「この服も僕のものです」

去年のクリスマスに舞衣がプレゼントしてくれたパーカーに触れながら、僕は先を続けた。

「つまり、ジュン君だけが自分のものではないシャツを着せられていたことになります」

「そうか。ハチは黒い色のものにたかる習性があるからな」

長谷部さんがハンドルの端を軽く叩く。

「夢鶫は矢口ジュンのアレルギー体質を知っていて、だからわざわざハチの集まる黒いシャツに着替えさせたってことかい？」

　神田さんの言葉に、僕は頷いた。

「だけど、いくらハチが黒いものに集まるからって、あの状態はちょっと異常だったろう？」

「シャツの色だけではなかったのだと思います。彼、シャツが濡れているとも話していましたよね？　肌もなんだかべとべとするって」

「もしかして、ハチの集まる液体が塗られていたとか？」

　神田さんが声を荒らげる。

「そんな液体があるのかい？」

「キンリョウヘン……」

　なにかの呪文みたいに、ほのかが呟いた。

「キンリョウヘン？　なんだい、それ？」

「あ……シンビジウムの一種です。キンリョウヘンの花の香りにはニホンミツバチの群れを引き寄せるフェロモンのような成分が含まれていると、なにかの本で読んだことがあります。キンリョウヘンから抽出したフェロモン物質が、矢口さんの身体やシャツに塗りつけられていたとしたら――」

「つまり、なに？　夢鵺が提示したルールを破る破らないに拘わらず、あの坊やは養蜂場で殺される運命にあったってこと？」

「おそらく……そういうことなんでしょうね」

僕は冷静に答えた。

「ジュン君だけじゃありません。西園寺さんもそうだったんだと思います。トンネルで西園寺さんの上半身が吹き飛ばされることは、最初から夢鵺の計画に組み込まれていたのではないでしょうか」

「ああ、そうか。サンルーフのわずかな隙間をすり抜けられたのは、あの人だけだったもんね。夢鵺は晴佳さんだけが通り抜けられる幅にサンルーフを開けることで、彼女を死に導いたってわけだ」

「………」

神田さんの発言に、僕は理由のわからぬ違和感を覚えた。彼女の推測はどこも間違っていないはずだ。それなのに、なにか大切なことを見落としているような気がしてならない。

「ジュン君と西園寺さんの死で、わかったことがふたつあります」

今はあれこれ悩んでみても仕方ない。判明した事柄を整理していくほうが先だろう。

僕は息を継いで、さらに続けた。

「まず、ひとつめ。僕たち六人は無差別に選ばれたわけではありません。ジュン君のアレルギー、西園寺さんの体格など、夢鴉は僕たちのことを詳しく調べた上で、この車へ閉じ込めたのでしょう。つまり、僕たちが選ばれたことには、なんらかの理由が存在するはずです」

僕の推測に異を唱える者は一人もいなかった。

「ふたつめは？」

神田さんが訊く。

「夢鴉の目的はなんだと思います？」

「チェックポイントまであたしたちを導き、そこでなにかを見せようと考えてるんじゃないのかい？」

僕は静かにかぶりを振った。

「違うと思います。チェックポイントに到達したら解放してやる——夢鴉のあの言葉はたぶん嘘です」

実際に口に出してみて、ようやく自分の考えに確信を持つ。

僕はためらいつつも、次の言葉をはっきりと口に出した。

「チェックポイントへと向かう道中で、僕たちを一人ずつ殺害していくこと――それこそが夢鵺の本当の目的だったんです」

2

沈黙の時間が流れる。

しばらくの間、誰もなにもしゃべろうとはしなかった。僕の発した衝撃のひとことにただ呆然としていただけなのか、あるいは状況を正確に理解しようと必死になっていたのか、それはよくわからない。

前方に町の明かりが見え始めた。坂道の傾斜も緩くなり、次第に幅員も広くなっていく。

カーナビに視線を落とすと、蛇のように曲がりくねっていた道も、この先はまっすぐ伸びている。

下り坂でスピードをあげたため、到着予定時刻は五分以上短縮されていた。いつの間にか警告音もやんでいる。

「……つまり、こういうことかい？」

　重苦しい空気を破ったのは神田さんだった。

「夢鴉の指示を守ってチェックポイントまでたどり着いても、結局あたしたちは死んじまうと――」

「少し違いますね。夢鴉には、最初から僕たちをゴールさせるつもりなんてないのだと思います。慌てる僕たちをどこか遠くから眺めて……目的地へたどり着く前に、全員殺してしまうつもりなんでしょう」

　さらりとそんな言葉を口にできてしまう自分に驚いた。異常な出来事が頻発した結果、死に対する感覚が麻痺したのかもしれない。

「なんのためにそんなことを？」

　神田さんは声のトーンをあげ、怯えた表情を示した。たぶん、それが正常な反応なのだろう。

「一体、あたしたちがなにをしたっていうんだよ？」

　僕は黙って首を横に振った。人を殺めることになんのためらいも抱かない――狂った者の心理など、僕に理解できるはずもない。

「おい、学生さんよ。どうして、そんな話を俺たちにするんだ？」

　必要以上のことはしゃべらず、黙ってハンドルを握り続けていた長谷部さんが、低い声で尋ねた。

「仮面野郎は俺たちを助けるつもりなんて、これっぽっちも持っていない——もし、ぴーちくうるせえマダムが生きていたなら、またパニックを起こしているところだぜ。マダムだけじゃねえぞ。俺だって不安に思うさ。学生さん——あんたとは今日知り合ったばかりだが、ただの馬鹿じゃねぇってことは雰囲気でわかる。そんな話を俺たちにしたのは、なにか考えがあってのことなんだろ？」

「ええ」

僕はこくりと首を縦に動かした。

「振り返って冷静に考えてみれば、ジュン君のときも西園寺さんのときも、それが夢鴉の罠だと気づけたはずなんです。それなのに僕たちは、制限時間内にチェックポイントへたどり着かなければならないという強迫観念に駆られ、まんまと罠に引っかかってしまいました」

そこでいったん言葉を止め、車内をぐるりと見渡す。神田さんもほのかも、真剣な表情でこちらを見つめていた。

「同じあやまちは、二度と繰り返したくありません」

息を吸い込み、語気を強める。

「長谷部さんがおっしゃったとおり、この車にはほかにもまだ僕たちの命を狙う装置が仕掛けられていることでしょう。今までは目的地へ向かうことばかりを考えていたために失敗を繰り返しましたが、全員で気をつけていれば、必ず危険を回避できると思うんです」

これまでだってそうだ。

たとえば養蜂場。古びた木箱の中にハチがいることはわかっていた。あのときジュンが、命の危険をもっと深刻に感じていたなら、その時点でアナフィラキシーのことを告白していただろう。そうすれば、それが夢鵺の罠だと気づき、なんらかの対策を立てられたかもしれない。

たとえば峠道のトンネル。夢鵺に命を狙われていると最初からわかっていれば、不意に開いたサンルーフへ、安易に頭を突っ込んだりはしなかっただろう。だとしたら、誰も傷つかぬままトンネルを通り過ぎていたはずだ。

「ああ、そうだな。あんたのいうとおりだ」

長谷部さんが口の端に笑みを浮かべる。

「俺たちはもっと慎重になるべきだった。いや、今からでも遅くねえ。全員が無事、この死のドライブから生還できるよう、ここからは今まで以上に協力し合っていこうぜ」

「あたしたちで罠を見抜いて、夢鴉の奴を思いきり悔しがらせてやらなくっちゃ」

神田さんが意気揚々という。

「まあ、俺たちのこの会話も全部、仮面野郎には筒抜けなんだろうけどな」

「だからといって、遠くからあたしたちのことをモニタリングしているあいつには、もはやなんの手出しもできないだろう？　この車に仕掛けられた罠を、いまさら変更することもできないわけだしね」

……モニタリング？

神田さんの言葉に頷きつつも、僕は突然ふくれあがった理由なき不安感に、激しく戸惑わなければならなかった。

3

午後十時五十七分。

タイムリミットまで残り三分を切ったところで、僕たちはふたつめのチェックポイント——ひだまり墓地へと到着した。

駐車場前の丘には、大小様々な形をした墓石が雑然と並べられている。そのほとんどは一部が欠けていたり、苔に覆われたりと、朽ち果てた状態になっていた。おそらく無縁仏が祀られているのだろう。

ヘッドライトの光を浴びて青白く光る柳の枝は、見ていてあまり気持ちのよいものではない。どこからか火の玉でも現れそうな雰囲気だった。

長谷部さんはパーキングブレーキを引くと、神妙そうな顔つきで墓に向かって合掌した。僕もつられて手を合わせる。そこに眠っているのが、どこの誰であるかもわからなかったが、どうか僕たちをお守りください、と都合のよい願いごとを唱えてみる。

墓地に外灯の類はひとつも存在しなかった。照明はワゴンのライトだけ。ほかに車は見当たらない。

僕はフロントガラスに顔を寄せ、墓石をひとつひとつ確認していった。

最初のチェックポイントでは、〈己の罪を償え〉と記された看板が、観音像の前に立てかけられていた。今回もきっと、夢鵺からのメッセージがどこかに残されているはずである。

だが、いくら目を凝らしてもそれらしきものは見つからない。

「長谷部さん、すみません。お墓のほうを照らしたまま、ゆっくりと移動してもらえますか？」

「ああ、わかった」

僕の指示どおりに、長谷部さんは車を動かし始めた。ヘッドライトの明かりが左から右へと流れていく。

まぶしい光に驚いたのか、黒猫が墓石の奥から顔を出し、供え物をひっくり返しながら闇の中へと逃げていった。迷信などさらさら信じるつもりはなかったが、それでもあまりいい気持ちはしない。

二十本以上の卒塔婆《そとば》がまとめて立てられた場所を照らしたところで、車は停止した。雨風に打たれて真っ黒に変色した卒塔婆の前に、真新しい立て札が突き刺してある。それは、古ぼけた周囲の風景から完全に浮いていた。

黒枠の中に描かれていたものは、右方向を指し示す手だった。お通夜会場を知らせる道案内として、街なかでよく見かけるあれだ。左下には、小さく〈夢鵺〉と記されている。

「どうする？　あの立て札に従って進んでみるか？」

僕は返答に迷った。

チェックポイントへ到着した時点で、カーナビのルート案内は終了していた。今ならどこをどう動いても、ルール違反にはならないはずだ。

　しかし、それこそが夢鵺の仕掛けた罠だったとしたら？　指が差す方向へ進んだその先に、恐ろしい殺人装置が準備されている可能性だって充分に考えられる。

　とはいえ、恐れをなしてこの場にとどまり続けたのでは、いつまで経っても夢鵺の呪縛から逃れることはできないだろう。

「ほんの少しだけ車の向きを変えて、夢鵺の指示する方向を照らしてもらえますか？」

　僕の言葉に、長谷部さんは黙って従ってくれた。

　指の示す先には車一台がギリギリ通れる幅の道があり、どうやら奥の霊園へと続いているらしい。

「で、どうするんだ？」

　再び、長谷部さんが尋ねる。僕はその問いかけに答える代わりに、背後の二人へ声をかけた。

「神田さん、遠藤さん。こちらへ来てもらえますか？」

　彼女たちはおたがいに顔を見合わせたあと、怪訝そうな表情を貼りつけたままで席から立ち上がった。

「狭くて申し訳ありませんが、できるだけ運転席に近づいてください」

「イヤだよ。どうしてあたしが、こんなむさくるしい男にくっつかなくちゃならないわけ？」

「おい。むさくるしくて悪かったな」

口をとがらせた神田さんに、長谷部さんが噛みつく。といっても、どちらも本気で腹を立てている様子はなかった。

「もっとそばへ。できれば全員、運転席に座ってもらうのがベストなんですけど」

「いくらなんでもそれは無理だね。これが精一杯」

神田さんはコンソールボックスに膝を載せながら、右手で運転席のシートをつかんだ。僕と神田さんの間に、ほのかが遠慮がちに入り込む。たちまち、ワゴンの前列はすし詰め状態となった。

「おい、学生さん。どういうことだよ？　なにがしたいんだ」

右肩をドアに押しつけながら、窮屈そうに長谷部さんが尋ねる。

「運転席が一番安全だと思うんです」

「あたしが馬鹿なのかね？　あんたがなにをいいたいのか、さっぱりわからないんだけど」

神田さんは露骨に眉をひそめた。

「この中で中型車の免許を持っているのは長谷部さんだけです。僕たちのことを徹底的に調べあげた夢鵺なら当然、それくらいのことは承知しているでしょう。つまり、長谷部さんにもしものことが起こったら、その時点でドライブは終了してしまいます。ここまで一人一人にターゲットを絞って殺害を続けてきた夢鵺が、そんな中途半端な形でこのゲームを終わらせるとは思えません」

「なるほど。いわれてみればそうかもしれないね。急に弓矢が飛んできたとしても、そいつが突き刺さるのは運転席じゃなくて後部座席の可能性が高いってわけか」

「確信はありませんけどね」

前方を見据えたまま、僕はいった。

「今から、夢鵺の指示したとおりに進みます。もしかしたら、なにか罠が仕掛けられているかもしれません。長谷部さん、慎重に――ゆっくりと動いてください。神田さんは右側を、遠藤さんは左側に注意を払ってもらえますか？　僕は後ろを見張ります。なにか気になるものを見つけたら、すぐに報告し合いましょう」

僕の意見に反対する者はいなかった。これ以上、犠牲者を増やしたくない――その思いが連帯感を生んだのだろう。

「よし。じゃあ、行くぜ」

長谷部さんは短くクラクションを鳴らすと、歩くのとほとんど変わらないスピードで車を動かし始めた。そのまま、立て札の示す方向へと進んでいく。

僕は助手席から頭だけを出し、後方のあちらこちらへ忙しく視線を這わせた。床には今も二人の遺体が転がっていたが、そちらはなるべく見ないようにする。

リアガラスの向こう側に明かりはまったく見当たらず、逆に車内のシャンデリアが煌々と輝いていたため、車外の様子はほとんどわからない。車内の明かりを消せば、多少は状況が変わるのかもしれないが、シャンデリアにはスイッチらしきものがついていなかった。たとえスイッチがあったとしても、操作した途端になにが起こるかわかったものではない。下手にいじらないほうがいいだろう。

「それにしても、すげえ広さの霊園だな。ハイビームで照らしても、まだ先がありやがる」

長谷部さんの声が聞こえた。

「一体、どれだけの数の遺体が眠ってるんだか」

「ねえ、あそこに看板があるよ。右へ進めってさ」

続いて、神田さんの言葉が耳に届く。

「了解」

長谷部さんの返答と共に、ワゴンはゆっくりと右折を始めた。その間も、僕は車内の隅々を見張り続ける。

夢鶴はこの瞬間も、僕たちのことを監視しているのだろうか？

どこかに隠しカメラが仕掛けられていることは間違いない。そうでなければ、タイミングよくウィンドウを下ろしたり、ブレーキを一時的に壊したりすることなんてできなかったはずだ。

一体、カメラはどこに取りつけられているのだろう？

ひと昔前であれば、簡単に探すこともできたのかもしれない。しかし、ここ数年の携帯端末機の進化は凄まじい。カメラのレンズなんて、針の穴ほどの大きさしかないにも拘わらず、拡大印刷に耐え得る高画質で撮影できるし、カメラ本体だって、サイコロ程度の大きさにしかならない。そんなものはどこにだって隠せてしまうだろう。

突然、車が止まった。

「着いたぜ。夢鶴からのメッセージだ」

僕は顔を上げ、フロントガラスに視線を向けた。

ヘッドライトの照らす先には、似たような形の墓がいくつも並んでいた。そのひとつに、真新しい卒塔婆が立てかけられている。

僕は目を見開き、そこに書かれた文字を確認した。


死者の魂が旅立つ今宵、あの日の出来事に思いを馳せよ　夢鵺

前回のチェックポイント同様、真っ赤な毛筆体で記されている。

卒塔婆が立てかけれた墓石には、〈本城家之墓〉と刻まれていた。

「……本城」

神田さんが墓石の名前を読み上げる。

「誰か心当たりはあるかい？」

全員、首を横に振った。小学校時代の同級生に、本城という苗字の先生がいたことを思い出したが、卒業して以降は一度も会っていない。小学生のときだって、担任を持ってもらったわけでもなく、別段親しい間柄ではなかった。たぶん、関係はないだろう。

墓の側面には、ここに眠っているであろう人の戒名と亡くなった日付が刻まれている。

一番左端に記された日付を目にした途端、僕の心臓は激しく波打った。
そこに記された日付は今年の八月十五日——舞衣の命日と一致していた。

第8章　怨念

1

チェックポイントへたどり着いて以降、沈黙を保ち続けていたカーナビが、突然自分の使命を思い出したかのようにせわしく動き始めた。

同時に、後部座席に放り出したままだったタブレットから、チャイム音が鳴り響く。タブレットの画面に表示されたタイマーは、新たなタイムリミットが六時間半後であることを示していた。

カーナビに、次の目的地が表示される。

ここから東南東へ約四百キロ。驚いたことに、僕の住むアパートから歩いて数分でたどり着くことのできる港が次のチェックポイントだった。

埠頭《ふとう》に集まるカモメを眺めながら、舞衣と肩を寄せ合って散歩した――楽しかった日々を思い出す。

「やれやれ。今度は東か。どれだけ走らせたら気がすむんだ」

長谷部さんのため息に、僕の思い出はかき消された。

「頼むから次のチェックポイントでゲーム終了とさせてくれよ」

すかさず燃料計を確認する。ここまでの移動距離は約三百五十キロ。燃料計の針は半分よりも少し上のあたりを示していた。

外部とコミュニケーションがとれない現状では、燃料の補給も困難だろう。誰も口には出さないが、生理現象を我慢するのだってあと数時間が限界だ。次のチェックポイントが最後であることを祈らずにはいられなかった。

全員が前方の座席に集まった状態では、さすがに運転に支障を来たす。窮屈に触れ合ったまま何時間も過ごしたら、全身が凝り固まってしまうに違いない。

油断しないということを前提に、僕たちはいったん各々の席に戻ることを決めた。

墓地を離れ、静まり返った田舎道を南に進む。数キロ先にはインターチェンジが存在したが、カーナビはインターチェンジを通り越して、ハイウェイと並行して走るバイパスを通行するよう指示を出していた。

当然、ハイウェイを走ったほうが時間を短縮できるわけだが、カーナビの命令に逆らうことはできない。この時間帯なら、バイパスもスムーズに走行できるだろうと、無理やり納得するしかなかった。

「卒塔婆に書いてあったメッセージだけどさ」

バイパスへ進入したタイミングで、唐突に神田さんがいった。

「あれってどういう意味だったんだと思う？」

「死者の魂が旅立つ今宵、あの日の出来事に思いを馳せよ……でしたっけ？」

ほのかの声が届く。ルームミラー越しに後ろを確認すると、彼女はあごに手を添え、なにやら気難しい表情を浮かべていた。

「あの日の出来事っていわれてもねえ。何月何日って具体的に示してもらわなきゃ、いつのことだかわかんないよ」

墓石に刻まれた命日が脳裏によみがえる。

――八月十五日。

だが、その日付を口に出すことはためらわれた。八月十五日の出来事について語るのは、あまりにもつらすぎる。僕にはまだ心の整理ができていなかった。

だが、現実は残酷だ。

「八月十五日じゃねえのか？」

長谷部さんはさらりとそういってのけた。

「八月十五日？　どうしてそう思うんだい？」

「墓に刻んであった命日がその日だっただろ？」

「たったそれだけ？　お墓には別の命日も刻まれていたけど」

神田さんのいうとおり、一番左端に刻まれた仏の命日は今年の八月十五日だったが、その右隣には、今から約四ヵ月前――六月三日の日付が記されていた。

「あの……今日って十月二日でしたよね？」

遠慮がちに、ほのかが口をはさむ。

「約三分前に午前〇時を回ったから、正確には十月三日だけどね。それがどうかしたのかい？」

「八月十五日が命日なら、十月三日はちょうど四十九日ってことになりますけれど」

「え？　ちょっと待って。八月十五日の三十日後は九月十四日だから、そこに十九を加えて……ああ、ホントだ」

指を折り曲げながらの計算を終えると、神田さんは感心したような表情を浮かべた。

「なるほどね。だから、〈死者の魂が旅立つ今宵〉って書いてあったんだ」

二人の会話に、驚きおののく。

四十九日――中陰は死者がこの世とあの世の間をさまよう期間だ。今日、舞衣は天国へ旅立つ。

　時折、彼女の気配を感じることがあった。姿は見えないが、きっと僕のそばについてくれていたのだろう。だけど、これからはそれもなくなってしまう。そう思うと、途端に胸が張り裂けそうになった。

「最初のチェックポイントだった希望の丘公園も、毎年終戦記念日に慰霊祭が開催される場所だしな」

　長谷部さんがひげを撫でながらいう。

「あ──そういえばさ」

　神田さんは座席の上に放り出したままだった『みだれ髪』の初版本を手に取ると、ページを繰り始めた。

「さっき、何気なくめくっていたときに気がついたんだけど、この本の発行日──ほら、見てごらん」

　最後のページを開き、ほのかに向ける。

「『みだれ髪』の発行日なら知っています。一九〇一年八月十五日ですよね？」

「そのとおり」

　神田さんは興奮した様子で続けた。

「なんでこんな古ぼけた本がここに置いてあるか今の今までわからなかったけど、なるほど、そういうことだったんだね」

「つまり、なんだ？　仮面野郎は八月十五日の出来事について思い出せ、と俺たちにいってやがるのか？」

「本当にそうなんでしょうか？」

長谷部さんの声にかぶせるように、僕はいった。

「安易に考えすぎなのではありませんか？　ほかの可能性だってまだ捨てきれないでしょう？　墓石には別の命日も刻まれていたわけですし、希望の丘公園や『みだれ髪』にだって、八月十五日以外の日付を示すなにかが隠されているかもしれませんし――」

「いいえ。八月十五日で間違いないと思います」

僕の言葉をさえぎったのはほのかだった。

「私たちを襲った仮面の人物が、どうして〈夢鴉〉と名乗ったのか――その理由がようやくわかりました」

「なんだよ、お嬢ちゃん。〈夢鴉〉という名前にも意味があったっていうのか？」

「これを見てください」

彼女は手に取ったタブレットを、僕たちのほうへ向けた。

「カウントダウンが続いているだけのように見えるけど……」

神田さんが横から画面を覗き込んで答える。僕もそれ以外の感想を抱くことはできなかった。

「見てほしいのは画面じゃありません。こちらです」

そういって、ほのかはタブレットに接続されたキーボードに細い指を添えた。

「この中から〈ゆめぬえ〉の四文字を抜き出してみてください」

僕は目を閉じて、キーボードを頭に思い描いた。いちいち実物を確認しなくとも、キーの配列くらいなら正確に暗記している。

ひらがなの〈ゆ〉は最上段のほぼ中央――〈8〉と同じところにある。〈め〉は右下に位置し、〈・〉とキーを共有していた。残りの二文字も、〈ゆ〉と同じ最上段にある。どちらも数字キーで、〈ぬ〉は〈1〉、〈え〉は〈5〉だ。

「……あ」

僕はほのかのいいたいことを理解した。

「そうか。ローマ字モードで〈ゆ〉〈め〉〈ぬ〉〈え〉――それぞれのキーを押すと……」

「そうです。画面には〈8・15〉と表示されます」

まさか、名前にまで八月十五日を示すキーワードが隠されていたとは。

僕はほかの三人に気づかれぬよう、がっくりと肩を落とした。もはや、逃れることはできない。覚悟を決めるしかなかった。

八月十五日。

二度と思い出すまいと決め、固く閉ざした記憶の引き出しに、僕はもう一度手をかけなければならなかった。

2

派手な装飾を施した大型トラックが反対車線を走っていく。

ほかの車を見かけたのはひさしぶりのことだった。あまりにも突飛な出来事が続きすぎて、ここが異次元であるかのような錯覚を抱き始めていた僕は、まだ現実世界と繋がっていたことを認識し、ほっと胸を撫で下ろす。永遠に異次元をさまよい続けるよりは、一瞬の苦しみで死んでしまったほうがずっと楽であるはずだ。

「八月十五日の出来事を思い出せといわれてもなあ。ひと月半以上も前のことなんて、ほとんど覚えちゃいねえよ。たぶん、今と同じように車を運転していたと思うが」

戸惑いの表情を浮かべる長谷部さんとは対照的に、

「その日なにがあったか、あたしははっきりと覚えてるよ」

神田さんは堂々とした口調で答えた。

「最年長のくせに、ずいぶんと記憶力がいいんだな」

長谷部さんが茶化す。

「忘れられるわけがないだろう。これまで生きてきた中で、もっとも恐ろしい目に遭った日だったんだからさ」

神田さんはそこまでしゃべると、自嘲気味に口もとを緩めた。

「いや、違うか。人生最悪の一日は今現在、進行中だからね。まったく……わずか二ヵ月足らずの間に、二度もこんな目に遭うなんて、今年はなんて運の悪い年なんだろう」

「今日のことはどうだっていい。八月十五日になにがあったんだ?」

「覚えてないかい?　中央ハイウェイで大きな事故が起こってさ……ちょうどお盆期間だったこともあって、道路が前代未聞の大渋滞になっちまったことがあっただろう?」

僕の心臓は早鐘を打ち鳴らした。

動揺を悟られてはならない。

胸のあたりをぎゅっとつかみ、懸命に呼吸を整える。

「事故？　知らねえな。俺、ニュースはほとんど見ねえから」

長時間の運転で肩が凝り始めたのか、長谷部さんが首を左右に倒しながら答えた。

「あの事故を起こしたの——実はあたしなんだ。お盆で実家に里帰りしたあと……東京へ戻る途中の出来事だったんだけどね」

いつも自信ありげに話す神田さんが、そこだけはためらった感じでいった。

なんだ、これは？

そう叫びたくなるのを、ぐっとこらえる。あまり汗をかかない体質のはずなのに、僕の手のひらはぐっしょりと濡れていた。

「どうして事故った？　スピードの出しすぎか？」

「馬鹿いわないでおくれ。あたしはなにひとつ悪くないよ。前を走っていたトラックが、左カーブで積荷を落としていったんだ。突然のことに、あたしも慌てちまってさ、荷物をよけようとハンドルを切ったら、そのまま中央分離帯を乗り越えて反対車線に飛び出しちまって……対向車と正面衝突したらしいよ」

したらしい、と神田さんは他人事のように話した。

彼女の声は、妙なエフェクトをかけたみたいに歪んで僕の耳に届いた。気分が悪く、目の前の景色がぐにゃりと折れ曲がる。

足場の悪い砂利道を走っているわけでもないのに、僕の膝頭はがたがたと小刻みに揺れた。手のひらで押さえて震えを止めようとするが、身体はいっこうにいうことを聞いてくれない。

落ち着け、落ち着け、落ち着け。

僕は心の中で、何度も同じ言葉を繰り返した。しかし焦れば焦るほど、身体の制御はますます不能になっていく。

このままでは運転席の長谷部さんに変に思われるかもとやきもきしたが、しかし彼は神田さんの話に夢中になっているのか、僕の異変に気づく様子はない。

「ハイウェイで反対車線の車と正面衝突するなんて……それ、とんでもねえ大事故じゃねえか」

「だから、そういってるだろう?」

「よく無事だったな」

「全然、無事じゃないよ。右脚にはまだボルトが埋め込まれたままだし、胸には大きな火傷の痕が残ってる。三日間意識が戻らなくてさ――正直、今も事故当日の記憶はすっぽり抜け落ちちゃっててね。なにひとつ思い出すことができないんだ」

「思い出すことができないって……あんた、今、事故ったときの様子を話してくれたじゃねえか」

「全部、あとから人づてに聞いた話だよ。あたしの後ろを走っていたドライバーが一部始終を見ていたそうなんだ。その人の証言で、事故の責任は積荷を落としたトラックの運転手にあるってことがわかって、あたしは罪をまぬがれたってわけ。……ん？　罪？」

神田さんの言葉が不意に途切れた。

「もしかして、あたしの償わなくちゃならない罪ってこれのことかい？」

自分の失敗を必死でいい繕おうとする子供のように、彼女は早口で次の言葉を続けた。

「あたしは悪くないよ。だって、そうだろう？　積荷を落としたトラックのせいなんだからさ。どれだけ注意したって、回避できない事故だったんだ。あたしはむしろ、被害者だよ」

「……積荷を落とした運転手は捕まったのか？」

「いいや。あまりの大事故に恐れをなしたのかトラックは逃げちまったらしいし、落とした積荷は燃えちまったそうだし、ナンバープレートも、トラックのボディに記された会社名も、誰一人覚えていなくってね。まあ、仕方ないよ。そのトラックの真後ろを走っていたあたしが、なんにも覚えていないんだからさ。警察もすぐに動いて、Nシステムっていうのかい？　――車のナンバーを読み取る装置を解析してあれこれ調べたらしいんだけど、結局トラックの特定はできなかったみたいだ。交通量が多すぎてとか、たまたまシステムにエラーが発生してとか、警察はあれこれみっともない言い訳をしていたみたいだけれどね」

「俺もひとつだけみっともねえ言い訳をさせてもらってもいいか？」

苦しそうに息を継いで、長谷部さんはいった。一体どうしたのか？　と彼のほうを見る。長谷部さんは神妙そうな表情を顔面いっぱいに貼りつけ、やたらと鼻の頭をこすっていた。

「なんだい？　突然」

神田さんの怪訝そうな声が背後から届く。

「俺はびびって逃げたわけじゃねえ。後ろでそんな事故が起こってるなんて、まったく気づいていなかったんだ。積荷を落としたことも、営業所に戻ってくるまでわからなかった。娘が来年高校受験で、なにかと金がかかるだろ？　だから、朝から晩までずっと仕事してて……テレビや新聞にはまったく目を通さねえし、とくにここ二ヶ月ほどはほとんど誰ともしゃべっていなかったからさ、事故のことは今の今まで知らなかった。信じられねえかもしれねえが、絶対に嘘はついてねえ」

「ちょっと……なにいってるの？」

神田さんの声が聞こえてくる。彼女の呆然とした表情は、後ろを振り返らなくとも容易に想像することができた。

「こんなときにふざけないで」

神田さんのいうとおりだ。

これ以上、僕を追い詰めないでくれ！

その言葉が喉まで出かかる。

「申し訳なかった」

長谷部さんは姿勢をただすと、深く頭を垂れた。

「いまさら謝って許してもらえるとは思わねえけど、全部俺のせいだ。本当にすまねえ」

「…………」

神田さんは無言のままだ。突然つきつけられた事実に、どう反応していいかわからないのだろう。いや、長谷部さんの告白に戸惑っているのは僕も同じだった。

「俺が償わなくちゃならねえ罪っていうのは、こいつのことだったんだな」

「……あたしはべつにいいよ。怪我もたいしたことなかったし、後遺症だって残らなかったわけだし」

神田さんがぼそりと答える。

「でもね……あたしの車とぶつかった人は死んじまったんだよ」

脳みそが揺さぶられる。僕はまぶたを強く閉じ、こみ上げてくるどす黒い感情を必死で押しとどめた。

「二十歳になったばかりの女の子だったと、あとから聞かされたよ。苦しい苦しいってうめきながら、病院で息を引き取ったって――」

苦しい、苦しいよ、拓磨。

舞衣の最期の姿が脳裏によみがえる。

そう――あの日、反対車線からいきなり飛び出してきた神田さんの車を避けきれず、正面からぶつかったのは、僕の運転する軽自動車だった。

3

たら、れば、なんて言葉に振り回されてはいけないことくらい、他人に指摘されなくたって充分にわかっているつもりだ。

でも、やはり考えてしまう。

あの日、僕が寝坊をしていなかったら。舞衣の忠告に従って、途中のサービスエリアで休憩していれば。

僕を罵る者は一人もいなかった。舞衣の両親などは、僕を責めるどころか、むしろ励ましてくれた。だが、そのやさしさが僕にはつらかった。この人殺し！　と罵倒されたほうがどれだけ救われたことだろう。

舞衣の夏休みを利用して、避暑地へドライブに出かけようと提案したのは僕だった。きっと渋滞がひどいよ。電車にしない？　と提案する彼女に、僕はまるで耳を貸さなかった。

制限スピードを守っていれば、中央分離帯を破って突進してきた車をよけることもできたに違いない。僕がハンドルを左に切っていれば、きっと舞衣は死なずにすんだのだろう。

誰がどんな慰めの言葉をかけてくれても、僕が舞衣の命を奪ったという事実は変わらなかった。

額ににじんだ汗を拭い、何度か深呼吸を繰り返すうちに、膝の震えは止まっていた。

動揺を悟られてはならない——その一心で、どうにか感情をコントロールできたようだ。

「どうしてあたしたちが集められたか、これではっきりしたんじゃないかい？」

神田さんが声高に叫ぶ。ルームミラーには興奮した様子の彼女が映っていた。

「なんの接点もない六人だと思っていたけど、あたしと運転手さんには繋がりがあったわけだからね。ひょっとして、ほかのみんなもあの事故に関わっていたんじゃないのかい？」

彼女の推測は当たっていた。ほのかや死んだ二人がどう関係していたかはまだわからなかったが、少なくとも僕自身は八月十五日のあの事故に深く関わっている。なんせ、あの事故で唯一亡くなった被害者の恋人だったわけだから。

「ほのかちゃん。あなたはどう？　八月十五日——あたしたちと同じように、あの場所にいたんじゃないのかい？」

「……いえ」

申し訳なさそうに彼女は首を横に振った。

「そうであるような……ないような」

はっきりしない返事を口にする。

「どういうこと？」

「確かにあの日、私も中央ハイウェイ上を走っていました」

「やっぱり」

神田さんが細い目を見開く。

「でも、事故現場にいたわけではありません。……事故が起こったのって何時頃なんでしょうか？」

「午後二時頃だったらしいけど」

正確には午後一時四十六分だ。その時刻を示したまま動かなくなった舞衣の腕時計は、今も大切に保管してある。

「でしたらたぶん、事故が起こった場所から二十キロほど離れた場所を走っている最中だったと思います」

どうやら、期待した答えではなかったようだ。神田さんは口を一文字に結んだまま、怪訝そうに小首をかしげた。

「犬塚さん――あんたは？」

続いて、僕の名を呼ぶ。

ついに、このときが来てしまった。僕は小さく息を吸うと、腰をひねって神田さん

のほうを向き、

「僕も遠藤さんと同じです」

嘘を口にした。

「事故現場から遠く離れた場所を走っていました」

いいよどむことなく、でまかせを並べ立てる。もっと動揺するかと思ったが、意外と落ち着いて語ることができた。

あるいは、真実を語るべきだったのかもしれない。正直に告白した上で、あらためてみんなと話し合えば、夢鴇の真意に気づけた可能性だってある。

しかし、僕にはできなかった。本当のことを口にした途端、これまでギリギリのところで持ちこたえていた僕の理性の壁が、一気に吹き飛んでしまいそうで恐ろしかった。

あんたたちのせいで舞衣は死んだんだ。

我慢できず、そう叫んでしまうかもしれない。ほかの誰かに責任を転嫁したところで、舞衣が戻ってくることはなかった。自分がみじめになるだけとわかっていながらみっともなく取り乱す自分が、容易に想像できる。舞衣がこの世界に別れを告げ、天国へと旅出つ日に、僕の醜い姿など決して見られたくはない。

「どうして、あたしたちをこんな目に遭わせるのか——夢鵺の意図がわかったような気がするんだけど」

神田さんが声をひそめていった。

「どういうことだ？」

長谷部さんが尋ねる。

「これって復讐なんじゃないのかい？」

「……復讐？」

ほのかが首をひねった。

「夢鵺のメッセージが立てかけてあったお墓——〈本城家之墓〉だっけ？　命日が今年の八月十五日になっていただろう？　もしかして、あそこで眠っているのは、あの事故で亡くなった女性なんじゃないのかねえ」

違う。

舞衣の実家はこのあたりではなかったし、そもそも本城などという苗字ではない。あの墓に葬られている人物は、舞衣と同じ日に死んでいるが、しかし舞衣ではない。八月十五日の事故とは関係ないはずだ。

だが、それを口にすることはできなかった。僕は黙って、神田さんの推測に頷く。

「夢鵺が、事故で亡くなった本城某の関係者だとしたら、あたしや運転手さんに恨みを持ったとしても全然おかしくないだろう？　いや、むしろ恨んで当然だ。あたしたちに復讐してやろうと考えて、だから――」

「理屈は通ってると思う。だがな、殺したいほど憎んでいるからといって、こんな七面倒くさい方法をとると思うか？　一度薬で眠らせているんだから、そのまま殺しちまえばいいじゃねえか」

「だって、それじゃあ復讐にならないだろう？　夢鵺はあたしたちをとことんいたぶって、怖がらせて、それから殺すつもりなんだよ」

僕はかぶりを振った。

神田さんの推理が正しいなら、夢鵺の正体は、あの事故で恋人を失った僕ということになる。だが、僕は夢鵺じゃない。みんなを拉致する力もなければ、こんな車を用意する経済力も、ここまでのシナリオを考える頭もなかった。

そもそも、神田さんの口からあの日の真実を聞くまで、自分以外の誰かを恨むという思いにまったく気づけずにいたのだ。悪いのは僕一人だと、今日の今日まで信じて疑わなかった。事故の責任を別の者になすりつけていたなら、あるいはもう少し楽になれていたのかもしれない。

「看護師さん――あんたの身もとは調べればすぐにわかったかもしれねえ。だけど、俺はどうだ？　事故の原因を作った俺のことは、警察だってわからなかったんだぞ。それなのに、どうして夢鵺は知っていた？」

「亡くなったのは助手席の人だよ。運転していたのが夢鵺だったとしたらどうだい？事故直前に、積荷を落としたトラックとすれ違っているはずだ。運送会社の名前を暗記していたら、運転手さんのことはすぐにわかったんじゃないのかい？」

もはや神田さんは、自分が衝突した軽自動車の運転者を夢鵺と決めつけている。だが、それは絶対にあり得ない。多重人格者にでもなっていない限り、断じて僕は夢鵺などではなかった。

「俺とあんたが恨まれるのはわかる。だが、ほかの奴らはどうなんだ？　お嬢ちゃんや学生さんはあの日、事故現場にいたわけじゃねぇんだろう？　それでどうして、命を狙われなきゃならねえ？　死んだ小僧やマダムは？　あいつらは八月十五日のことなんて、これぽっちも話していなかったじゃねえか」

「確かに八月十五日の話はしていないよ。でも、事故の話ならしていただろう？　坊やはバイクで人を殺したことがあるって告白したし、晴佳さんは自分の不注意で子供を死なせたっていってた。不注意って……それもしかして交通事故だったんじゃないの？」

「俺たち全員、なんらかの交通死亡事故に関わっていたっていうのか？」

「二人はどう？　なにか心当たりはある？」

神田さんが僕とほのかの顔を交互に見た。

返答に迷う。神田さんのいうとおり、みんなが死亡事故に関わっていることが、単なる偶然だとは思えない。たぶん、ほのかもなんらかの事故に関わっているのだろう。だとしたら、僕も適当な嘘をでっちあげて、事故に遭遇したことがあると伝えておいたほうがよいのかもしれない。僕一人だけ事故に関わっていないのでは、逆に不自然に思われてしまう。

二年前、叔父が胃癌で死んだことを思い出し、その話を交通事故に置き換えてしまおうと決意して口を開く。

だが、それより先にほのかが答えた。

「……知り合いの誰かが交通事故で亡くなったっていう話は聞いたことがありません」

またもや神田さんの期待を裏切ってしまうと思ったのか、先ほど同様、申し訳なさそうに彼女はいった。

ならば、僕も無理して嘘をつく必要などないだろう。

「僕も、とくには……」

首を振って答える。

「本当に？　忘れてるってことはない？」

だが、神田さんはしつこかった。

「ここ二十年、交通事故で死亡する人の数は減り続けているけど、それでも毎年四千人以上の人が亡くなっているって話だよ。たいして親しくない友達でも、長年会ってない遠い親戚でもいいから、誰かいないの？」

「そういわれても……」

記憶を探ってみたが、実際に心当たりはなかった。もちろん、舞衣を除いての話だ。

神田さんは納得いかないらしく、さらに僕とほのかを問い詰めようとした。身体の芯が次第に冷たくなっていくのがわかる。これ以上執拗に攻められたら、そのうちぼろを出してしまうかもしれない。

長谷部さんの手もとに視線を移す。ハンドルに装着されていた鉄のピン――スタッズバンドが目に入った。シャンデリアが放つオレンジ色の光を反射して、怪しく輝いている。

「長谷部さん。このアクセサリー、やっぱりちょっと危険だと思いませんか？」

僕は話をそらし、スタッズを指差した。

「急ブレーキをかけてハンドルに頭をぶつけたら、額に穴が空いちゃうかもしれませんよ。これもたぶん、夢鵺の仕掛けた罠ですよ。今のうちにはずしておいたほうがいいのでは？」

「そう思ったんだけど、はずしかたがわからなくてな」

「だったら、僕がはずします」

僕はハンドルに手を伸ばし、スタッズバンドを剥がしにかかった。

「おい。運転中だぞ。危ねえだろ。なにも今やらなくたって」

長谷部さんが語気を強めたが、聞こえなかったふりをする。

「おいこら、学生さん。突然どうしたっていうんだよ？」

指先が震えた。僕の身体の中心は、ますます冷たく凍りついていく。僕の行動は、みんなの目にひどく奇妙に映ったことだろう。

だけど、やめるわけにはいかなかった。僕にはどうしても、その凶器を取りはずさなければならない理由があったのだ。

スタッズバンドをはずし、コンソールボックスへ放り込んだところで突然、あたりにけたたましいベルの音が鳴り響いた。

「……なに?」

ほのかが不安げに周囲を見回す。

「電話?」

神田さんがそう呟いた。田舎の祖母の家に、こんな音で鳴り響く黒電話があったことを思い出す。

耳を澄ませて、音の出どころを探る。それは車両の後部から響いていた。

「……あ」

ほのかの顔色が変わる。彼女はタブレットを手に取り、怯えた表情を見せた。

「どうした?」

長谷部さんの問いかけに対して、タブレットの画面をこちらに向ける。

カウントダウンを示す表示が、なぜか残り二分を切っていた。数字の下には、〈制限時間内に電話を取れ〉と記されている。

「チクショー。なんなんだよ、突然」

長谷部さんが舌打ちする。

「電話は見つからねえのか?」

「今まで全然気づかなかったけど、荷物置き場に大きな箱が置いてあるよ。どうやら、そこから聞こえてくるみたいだね」

後部座席の後ろを覗き込みながら、神田さんが答えた。

「開けられそうか？」

「ダメだ。ずいぶんと重たい。女性の力じゃ無理かもしれないね」

僕は助手席を離れ、彼女たちに近づいた。二人を押しのけ、背もたれから身を乗り出す。

後部座席とリアガラスの間のわずかなスペースに、一辺が一メートルほどの箱が置いてあった。鉄でできており、見るからに重そうだ。神田さんのいったとおり、けたたましいベルの音は、そこから発せられていた。

僕は両手で取っ手をつかむと、上蓋を持ち上げようとしたが、蓋は重すぎてわずかしか上がらない。

「一分を切りましたよ！」

ほのかが悲痛な叫び声をあげる。

「ちょっと、どうするんだい？」

神田さんの声に焦燥感《しょうそうかん》が募った。

火事場の馬鹿力を信じて、もう一度両腕に力を込める。しかし、現実はアクション映画みたいにうまくはいかない。蓋は持ち上がらず、情けないことに、僕の背骨はみしみしとイヤな音を立てた。

神田さんたちの落胆の表情を見て、状況が好ましくないことを悟ったのだろう。長谷部さんは路肩に車を寄せると、すぐさま僕たちのところまで駆けてきた。

「どけ。俺がやる」

僕を押しのけ、箱に手をかける。皮膚の下に小動物でもいるのではないかと疑いそうになるくらいの勢いで、二の腕の筋肉がめまぐるしく動いた。

長谷部さんのこめかみに太い血管が浮かび上がる。荒い鼻息と共に、箱は開いた。

彼は中に収められていたスマートフォンをつかむと、僕に放ってよこした。

「あとは任せた。俺には使い方がよくわからねえからな」

「……あ、はい」

僕たちを破滅へと導くベルの音は、暗闇から解放されたことでさらに激しさを増していた。

「急いで！　あと二十秒だよ！」

神田さんが叫ぶ。

スマートフォンの液晶画面には、黒焦げになった車の写真が表示されていた。悪趣味なこと、この上ない。

けたたましく鳴り響くベルは着信音ではなかった。あらかじめ設定されていたアラームが作動しているだけらしい。僕は指先で画面を撫でると、アラームを止めた。

ほのかの漏らした安堵の吐息が耳に届く。どうやら、タブレットのカウントダウン表示も停止したようだ。

「……夢鴉からかかってきた電話じゃなかったのかい？」

神田さんの質問に小さく頷く。

「冷静に考えてみれば、そうだよな。あいつが俺たちに通話のできる電話を手渡すはずがねえ。外部との通信手段を与えることになっちまうわけだからな」

長谷部さんは口の端を曲げると、

「先を急ぐぞ」

そう吐き捨てて、運転席へと戻った。

再び、車は走り出す。

「なんだよ、一体？　だったら、その携帯電話の意味は？　夢鴉はあたしたちになにをさせたかったわけ？」

彼女の苛立たしげな声を聞きながら、僕はスマートフォンを操作した。タブレットのようにパスワードが設定されている様子はない。

もしやと思い、震える指で自宅の電話番号を打ち込む。

「……え？　まさか繋がるのかい？」

受話口を耳に当てたが、しかし電話が繋がることはなかった。スマートフォンを顔から話し、もう一度画面に視線を落とす。左上に〈圏外〉の表示を見つけ、僕は落胆の声を漏らした。

窓の外を見る、携帯電話の電波が届かぬほどの田舎とは思えない。おそらく、このスマートフォンには、携帯電話として使用するために必要なＳＩＭカードが差し込まれていないのだろう。

「なんだ。ぬか喜びかい」

神田さんは深いため息をこぼすと、倒れ込むようにシートに座り込んだ。

「電話は繋がりません。だけど……」

〈圏外〉の横に表示された扇形のマークに目をやる。妙な期待を抱かせては申し訳ない。いったん言葉を止め、インターネットブラウザのアプリケーションを立ち上げる。

検索エンジンに〈夢鵺〉と打ち込むと、即座に〈該当するページは見つかりません〉

と表示され、その下に鵺に関する記述が並んだ。

「このスマートフォン……ネットワークに繋がってますよ」

僕は弾んだ声でいった。伸ばした手の先さえ見ることのできなかった深い闇に、ようやくひとすじの光が差し込み始める。

「これで外部と連絡が取れます」

ワゴンはバイパス上を時速百キロ以上のスピードで移動していたが、ネットワークの途切れる様子はない。おそらく、この車のどこかにテザリングのできる通信機器が設置されているのだろう。

なんらかの無線装置が積まれていることは、最初からわかっていた。そうでなければ、僕たちの様子を外部からモニタリングすることなんてできないからだ。

「おい、どういうことだ？　俺にもわかるように説明してくれ」

長谷部さんがちらちらとこちらの様子をうかがいながらいう。

「このスマートフォンでインターネットにアクセスできます。これなら、こちらの事情を外部に伝えられるはずです」

助手席に戻りながら、僕は早口で答えた。

「よし。じゃあ、そのへんのことはおまえに任せたぞ。俺は予定どおりチェックポイントに向かうから、おまえは警察と連絡をとって、ここまでの経緯を伝えてくれ」

「わかりました」

そう答えながら、なにげなく運転席に目をやる。とりはずしてコンソールボックスに放り込んだはずのスタッズバンドが、再びハンドルの中央に装着されていた。

危険だと忠告したはずなのに、どうして元へ戻したのだろう？

疑問に思ったが、今はそんなことより外部と連絡をとることのほうが大切だ。僕は深く考えることをやめ、再びスマートフォンと対峙した。

まず、インターネット経由で電話をかけることを試みたが、専用アプリケーションをダウンロードするためには、パスワードを入力しなければならない。思いつくままに適当なパスワードを打ち込んでみたが、エラーウィンドウが開くだけで先に進むことはできなかった。

ならば、時間はかかるが、警察へメールを送って、この状況を伝えるしかない。幸いにも、次のチェックポイントは僕の住むアパートの目と鼻の先だ。地元警察のホームページを見つけるのに、さほど時間はかからなかった。

午前二時。真夜中にメールを開いてくれる者がいるか不安ではあったが、地元県警のサイトには〈メール一一〇番〉なるページが用意されていた。そのフォームから投稿すれば、即座に対処してもらえるらしい。

僕はここまでの経緯を、できるだけ簡潔に入力していった。悪戯だと思われては困るので、全員の名前と、生き残っている四人に関しては住所と電話番号まで書き込む。午前六時までに指示された埠頭へたどり着かなければ、エンジンに仕掛けられた爆弾が爆発すること。ウィンドウやドアをむりやり開けようとした場合にも、同様の爆発が起こること。すでに二人が殺されてしまったこと。多少のタイプミスは無視して、思いつくままに文章を書き殴った。

簡潔を心がけたつもりだったが、文章は長大なものとなった。伝え忘れたことはないだろうかと、もう一度最初から読み直し、送信ボタンを押した——そのときだ。

突然、火薬の破裂するような音が聞こえたかと思うと、目の前が真っ白になった。

身体をこわばらせた次の瞬間、顔と胸が激しく圧迫された。一瞬、呼吸が止まる。

遠くからほのかの悲鳴が聞こえた。

送信ボタンを押すと同時に、エンジンルームの爆弾が爆発するよう設定されていたのか？

もしかして、これも罠だったのだろうか？

冷静になって考えてみれば、外部と簡単に連絡のとれるスマートフォンを、あの夢鵺がこんなにもあっさりと僕たちに受け渡すはずがなかった。

これもまた、夢鵺の仕掛けた罠だったのだろう。

もっと慎重に行動するべきだったと後悔しても、すべてはあとの祭りだ。

…………。

死を覚悟してまぶたを閉じたが、ただ息苦しいだけで、どこにも痛みは感じられない。アドレナリンが一気に放出され、痛みを感じなくなっているのだろうか？　だとすれば、いよいよおしまいだ。次第に意識は薄れ、僕の精神は無に帰るのだろう。

それも悪くないと思った。

このまま生き続けたところで、よいことなんてなにもない。死んでしまえば、舞衣の亡霊に苦しむこともなくなるに違いない。

むしろ、なぜもっと早くこの方法を選ばなかったのか？　とこれまでの自分を責めたい気分だった。

舞衣。

彼女の名前を口にする。

今から僕も、君のところへ行くよ。

…………。

……………………。

だが、いつまで待っても意識ははっきりしたままだった。

「二人とも大丈夫かい？」

神田さんの声が届く。

「ほのかちゃん。あんたは犬塚さんのほうをみて。あたしは運転手さんを介抱するから」

「あ、はい」

戸惑った口調のほのか。

二人とも無事なのか？

どうして？

爆発は起こらなかったのだろうか？

一気に視界が開けた。僕の身体に覆いかぶさっていたナイロン製のシートが静かに剥がれ落ちる。

それはエアバッグだった。グローブボックス上のプラスチックがはずれ、そこから巨大なシートが飛び出している。しぼんだエアバッグは、沖に打ち上げられたクラゲを彷彿《ほうふつ》とさせた。

「犬塚さん……大丈夫ですか？」

ほのかが心配そうに僕の顔を覗き込む。彼女に名前を呼ばれたのは、これが初めてだった。なぜか気恥ずかしくなり、

「あ、うん……たぶん」

そう答えると、僕はほのかから視線をそらした。

緩い右カーブにさしかかる。しかし、車はスピードを緩めることなく、前方へ進んでいた。このままだとガードレールに衝突してしまう。

「長谷部さん、危な──」

運転席に視線を移し、僕は言葉を呑み込んだ。

長谷部さんの顔面には無数の穴が空いていた。彼の膝の上には、血にまみれたスタッズバンドが落ちている。

僕はエアバッグの垂れ下がったハンドルをつかむと、力任せに右へ回した。

左前方がガードレールにぶつかり、車体が激しく揺れる。その衝撃で長谷部さんの右目から真っ赤な眼球がこぼれ落ちた。

これくらいたいしたことねえよ。かすり傷だ。

そんな言葉が返ってくることを期待したが、長谷部さんの口が開くことは二度とな

かった。

第9章　暴走

1

路側帯まで慎重に移動したところで、パーキングブレーキを引き、車を停止させる。

だが、息をついている暇はなかった。三人で協力し、長谷部さんの遺体を運転席から引きずり下ろす。

正常な神経が完全にいかれてしまったのか、無残な彼の姿を目の当たりにしても、ジュンやポメラニアンのときのような猛然たる恐怖心を抱くことはなかった。

「……長谷部さん、すみません」

変わり果てた彼の遺体に手を合わせ、深々と頭を垂れる。

「僕のせいでこんなことに……」

死に対する恐れも怯えも、もはや僕の中には存在しなかった。ただひたすら、罪の意識にさいなまれる。

高校受験を控えた娘がいる、と長谷部さんは話していた。その娘はまだ、父親が死んだことを知らない。いつまで待っても帰ってこない父親に、大きな不安を抱いているることだろう。これからやって来る彼女の深い悲しみを想像すると、胸が張り裂けそうになった。

「スマートフォンが見つかった時点で、夢鵺の仕掛けた罠だと気づくべきだったんです。それなのに僕は、これでようやく警察に連絡ができると心躍らせてしまって……」

両手の拳を握りしめる。間抜けな自分の横っ面を思いきり殴りつけてやりたかった。

「あんたはなんにも悪くないよ。誰だってそうするさ。あたしだって携帯電話が見つかったことに、なんの疑問も抱きやしなかった。地獄へ落ちなくちゃいけないのはあたしでもあんたでもない。こんな馬鹿げた殺人装置を考えた夢鵺だ」

血にまみれたスタッズバンドに目をやり、神田さんはいった。

「今のあたしたちの様子をどこか遠くから眺めて、夢鵺はしてやったりとほくそ笑んでいるんだろうね」

彼女の唇は怒りでぷるぷると震えている。

「本気で誰かを殺してやりたいと思ったのは、これが初めてだよ」

「…………」

神田さんの手にしたスタッズバンドを見下ろし、僕は動きを止めた。

なにかがおかしい。

これまでに起こった出来事を思い返し、ある事実に気がつく。

もしかして、夢鵺は……いや、まさかそんな。でも、やっぱり……。

「どうかしましたか？」

僕の様子に気づいたのか、ほのかが不安げな面持ちで尋ねてきた。

「……神田さんのいうとおり、諸悪の根源は夢鵺です」

僕は冷静さを保ちつつ語った。

「僕たちはあいつの手のひらで踊らされているだけ——罪を感じる必要なんて少しもないのかもしれません」

「そう。そのとおりだよ」

神田さんが口をはさむ。

「だから、正直に教えてほしいんです。長谷部さんを死に至らしめたこの危険なアクセサリーを、ハンドルに装着したのは一体誰なんですか？」

二人の表情が固まった。

プロの捜査官なら、それだけで彼女たちの心の内を読み取ることができたのかもしれない。だが、僕にはそんな能力などなかった。神田さんとほのかがなにを考えたかなんてわかるはずもない。

「……最初からハンドルに取りつけてあったんじゃないのかい？」

わずかの間をおいて、神田さんがいう。

「いいえ。危険だと思って僕が取りはずしました。コンソールボックスの中へ放り込んでおいたはずなのに、いつの間にかもとに戻っていて……この中の誰かがやったとしか考えられません」

再びスタッズバンドが装着されていることに気づいたのは、スマートフォンを見つけたあとだ。電話のベルが鳴り響いたとき、僕たちは全員、車内最後部へと集合した。みんな、鉄の箱に心を奪われていたから、その隙を狙ってバンドを取りつけることは可能だったろう。

「あたしじゃないよ」

神田さんが両手を振って否定する。

「だって、そうだろう？　車が爆発するかもしれないっていう一大事に、どうしてそんなことをしなくちゃいけないんだい？」

「計画どおりに事を進めるためです」

僕は明白な口調で答えた。

「……え？」

神田さんの表情が一気にこわばる。なにか恐ろしいものでも確認するような目で、僕のほうを見た。

「あんた、なにをいってるんだい？」

「気を悪くしないでくださいね。これはあくまでも、僕の勝手な想像ですので」

そう前置きしてから、僕は続けた。

「夢鵺はエアバッグを誤作動させることで、ハンドルに装着したトゲつきアクセサリーを勢いよく吹き飛ばし、運転席の長谷部さんを殺そうと企みました。たぶん、誰かがそのアクセサリーを危険だと感じて取りはずす可能性も考慮に入れていたんでしょうね。だから、長谷部さんしか開けることのできないであろう重たい鉄の箱にスマートフォンを隠しておいたのだと思います。彼が運転席を離れた隙を狙えば、再びアクセサリーを装着できますから」

「コンソールボックスにしまい込んだアクセサリーを、ハンドルに取りつけるためには、前提条件としてこの車に乗っていなくちゃならないんだよ。あんたのそのいいかただと、まるでここに夢鵺がひそんでいるみたいじゃないか」

「たぶん、そういうことなんだと思います」

こちらを睨みつけてくる神田さんに真正面から対峙し、僕は次のひとことを放った。

「夢鵺はこのワゴンに最初から乗っていたんです」

2

「……まさか」

薄ら笑いを浮かべながら、神田さんはいった。

「あり得ないよ、そんなこと」

口もとは笑っているが、目はいかめしく吊り上がり、怒りの表情をあらわにしている。

「あまりの恐怖に頭がどうにかなっちまったのかい？　あたしたちの中に夢鵺がいるだって？　バカバカしい。それじゃあ、できの悪いサスペンスドラマだ。発想が飛躍しすぎてるよ」

「では、誰がアクセサリーを装着したんですか？」

「それは……」

僕と神田さんの視線は、先ほどから僕たちの話に黙って耳を傾けていたもう一人の人物――ほのかへと注がれた。

「私じゃありません」

ほのかが慌てて否定する。

「だって……そんなこと、できるわけがありませんよね？」

なんの言い訳にもなっていなかったが、嘘をついているようにも思えない。

「あたしはやってない。あんたも違うといい張る。ほのかちゃんだって否定している。ってことは、運転手さんが自分でやったと考えるべきなんじゃないのかい？」

眼鏡のフレームを押し上げながら、神田さんはいった。

「長谷部さんが、なんのために？」

「知らないよ、そんなこと。このアクセサリーが気に入って、気まぐれで取りつけたのかもしれない」

「突然電話のベルが鳴り響き、この車が爆発するかもしれないと騒いでいたあの状況で、果たしてそんなことをするでしょうか？」

「あたしたちの中に夢鵺がいるって考えるよりは、ずっとあり得る話だと思うけど」

「いいえ、そんなことはありません」

僕はためらいながらも続けた。

「僕たちの中に夢鵺がいるかもしれないと考える根拠は、アクセサリーの一件だけじゃないんです」

本当はこんなことを口にするべきではないのかもしれない。悪戯にみんなの不安をあおれば、おたがい疑心暗鬼になることは目に見えていた。

だけど、僕はいわずにはいられなかった。疑いを抱いたままでは、この先、誰を信じればよいのかわからなくなってしまう。真相を突き止めるのは、できるだけ早いほうがいい。

「西園寺さんが亡くなったときのことを思い出してください」

そう口にして、二人の表情を観察する。

神田さんは僕に対する不快感を隠そうとせず、ほのかはそんな彼女と僕を交互に眺めておろおろとしていた。どちらも自然な反応だ。内心は舌を出してほくそ笑んでいるのだとしたら、たいした演技力だと感心せざるを得なかった。

「わずかに開いたサンルーフへ、最初に頭を押し込んだのは僕です。もしあのとき、僕の頭が難なく通過していたなら、死んでいたのは西園寺さんでなく僕だったのでしょうか？」

「いや、違うだろうね。用心深いあんたのことだ。すぐに頭を引っ込めて、サンルーフが閉じてしまわないよう、つっかえ棒のようなものを探したんじゃないかな」

「おっしゃるとおりです。そうするつもりでした。たぶん、西園寺さん以外の人なら、みんな多少の差はあれど、大体同じ行動をとったのではないでしょうか」

ひっそりと静まり返った峠道。あたりは漆黒の闇に包まれ、周囲の様子などなにひとつわからなかった。普通、そんなところへ一人で飛び出していこうとは思わない。なにがなんでも脱出しようと考えるのは、おそらく西園寺さんだけだったろう。

「つまり、夢鵺は最初から彼女一人にターゲットを絞って、サンルーフを開けたのだと考えられます」

「ああ、あんたのいうとおりかもしれない。だから夢鵺は、晴佳さんだけが通り抜けられるわずかな隙間しか開かなかったわけだろう？」

「僕も最初はそう思いました。でも、人間の頭の大きさって、そこまで個人差があるものでしょうか？　実際に測ったわけではありませんから、確実なことはいえませんけど、僕と西園寺さんの額から後頭部までの長さなんて、せいぜい一センチから二センチ程度の違いだと思います」

「そんなものかもしれないね。でも、そのわずかな差が重要だったんだろう？」

「たぶん、そういうことなんでしょうね。だけど、個人差がほとんどないということは、別のいいかたをすれば、頭の大きさなんてちょっとした事態でいくらでも変わるわけです」

「……どういうことだい？」

神田さんの眉がわずかに歪む。

「西園寺さんって、大きな髪留めをつけていましたよね？」

「ああ、そうだったね。蝶の形をした琥珀のヤツだろう？」

「あの髪留め、どこへ行ってしまったんでしょう？　彼女が亡くなって以降、どこにも見当たりませんが」

神田さんは戸惑いの表情を浮かべた。

「べつに、おかしくはないだろう？　あの人の上半身は車の外へ飛ばされてしまったんだから」

「つまり、髪留めをつけたままサンルーフの隙間に頭を入れたと？」

「そういうことになるんじゃないのかい？」

僕は首を横に振った。

「それって、なんだかおかしくありませんか？　髪留めをつけた西園寺さんの頭は、たぶん僕よりも大きかったはずです。それなのにどうして、彼女だけすんなりサンルーフをくぐり抜けることができたんでしょう?」

　車外へ出るためには、頭を出したあと、窓枠に手をかける必要がある。もしとっさに髪留めをはずしたのであれば、手に持っているのは邪魔だ。となれば、髪留めは車内に残っていなければならない。

「ああ、もうまどろっこしいね。一体、なにがいいたいんだよ?」

「サンルーフは、西園寺さんの頭の大きさに合わせて開いたわけではないのだと思います。たぶん夢鵺は、彼女が頭を入れようとするタイミングを見計らって、サンルーフを広く開いたのでしょう」

「ああ、なるほど。そうなのかもしれないね。だけど、それがなんだっていうのさ?」

　苛立たしげに神田さんがいう。

「反応が早すぎるんです」

「……え?」

「もし夢鵺が、車内に仕掛けられた隠しカメラで僕たちの様子をモニタリングしていたのだとしたら、映像が夢鵺のもとへ送られたあと、彼がサンルーフを開けるためのの信号を送り、それがこの車に届くまで、数秒のタイムラグが生じるはずです。無線通信を用いて外からこのワゴンを操っているのなら、あんなにもタイミングよくサンルーフが開くはずはないんですよ」

「…………」

「夢鵺は最初から車内にいて、僕たちの動向を間近で確認しながら、殺人装置を操作していたんです。そうとしか考えられません」

「あり得ないね」

眼鏡をはずし、指の腹で眉間を押さえながら、神田さんは言葉を紡いだ。

「操作って……あたしたちの中に、なにかおかしな素振りを見せる者が一人でもいたかい？　カーナビやパソコンなら、あらかじめ時間を設定しておいて動かすこともできるだろうけど、あたしたちの動きに合わせてウィンドウやサンルーフを開いたり、ブレーキを利かなくしたり、エアバッグを出したり……そういうことをするためにはなにかコントローラーを操作する必要があったわけだろう？」

「これだけのことをやってのけた奴ですよ。電子機器には相当詳しいはずです。誰にも怪しまれることなく、機械を操作することなんて造作なかったと思います。たとえば神田さんのかけている眼鏡——もしかしたら視線の動きを読み取って機械を動かす機能が内臓されているのかもしれません」

はずした眼鏡に視線を落とし、神田さんは鼻息を荒くした。

「あんた……あたしを疑っているのかい？」

「そういうわけではありません。たとえばの話です」

「だったら、あたしもたとえばの話をしてもいい？　この中に夢鴉がいるのだとしたら、一番怪しいのはあんたじゃないのかい？」

眼鏡をかけ直し、憤った様子でそう口にする。

「……どういうことです？」

「この車で目を覚まして以降、何度も右手で胸のあたりをさわっていたじゃないか。癖かと思っていたけど、実は服の中に超小型のスイッチでも隠しているんじゃないのかい？　なんだかずっと様子もおかしかったし」

神田さんの言葉に愕然とする。できるだけ平静を装ってきたつもりだったが、動揺はまるで隠せていなかったらしい。

「それは……」

適当な言葉でごまかそうと、必死で言い訳の文句を探したが、とっさにはなにも思い浮かばない。

「おっと。今度はなにをするつもりだい？　もしかして、あたしを殺すのかい？」

神田さんの語気が強くなる。彼女の視線は僕の胸のあたりに注がれていた。

「……あ」

慌てて手を離す。まったく自覚がないまま、僕はパーカーの胸もとをぎゅっと握りしめていた。

「二人ともやめてください」

珍しく、ほのかが声を荒らげた。

「今はいい争ってる時間なんてありませんよ。ほら、見てください」

そういって、前方を指差す。

カーナビのモニタが赤い点滅を繰り返していた。左上に表示された到着予定時刻は午前六時二十一分。このままだと、タイムリミットに間に合わなくなってしまう。

「どうするんだい？」

神田さんの顔色が変わった。

「このあと、誰が運転するんだよ？　あたしは無理だからね。普通免許しか持っていないから、こんな大きい車は運転できないし、たとえもっと小さな車だったとしても、ハンドルを握っただけで、あのときの事故を思い出して震えちまうだろうからね」

ほのかがすがるような視線を僕に向ける。

「……犬塚さん。なんとかなりませんか？」

こうなったら仕方がない。

僕は踵《きびす》を返すと、黙って運転席に歩を進めた。

僕だって神田さんと同じだ。持っているのは普通免許だけだし、あの事故のあとは一度もハンドルを握っていない。つい先ほどまで笑っていた人を、あっけなく死に至らしめてしまうその乗り物に、ずっと恐怖を抱き続けてきた。

だが、今なら運転できるような気がした。

みんなを助けるため、などというカッコいい理由からではない。ただ、夢鵺の思いどおりになってしまうことが癪にさわっただけだ。

あの日、僕がドライブになど誘わなければ、今でも舞衣は幸せな生活を送っていたのかもしれない――――そう考えるのは独りよがりの幻想だ。

死の危険はどこにだってひそんでいる。ドライブに出かけず、代わりに港でのデートを実行していたなら、麻衣は海に落ちて溺れ死んでいたかもしれない。街へ赴いていたら、通り魔に襲われて、もっと悲惨な殺され方をしていたかもしれない。

彼女は死ぬ運命だった。一度死神に見初められたら、もう逃れることはできないのだろう。そのことは車内に横たわった、すでに息をしていない三人が証明している。夢鵺は僕たち全員を殺すつもりだ。たぶん、その運命から逃れることはできない。もはや、死ぬことは怖くなかった。これだけたくさんの死を見せつけられて、心のどこかが壊れてしまったのだろう。いったん死を覚悟してしまえば、恐れるものなんてなにもない。どうせ死ぬ運命であるのなら、その力にとことんまで抗ってやろうと思った。

運転席に座り、シートの位置を調整する。

「ちょっとあんた……運転できるのかい？」

神田さんの不安げな声が背中に届く。

「やれるところまでやってみますよ」

前を向いたままそう答え、大きく息を吸い込んだ。血のにおいが混ざった車内の空気に、軽くむせ返る。

ハンドルから垂れ下がったエアバッグをダッシュボートの前へと押しつけ、僕はワゴンをスタートさせた。

アクセルを強く踏み込みすぎたのか、車は軽いノッキングを起こしたあと、一気に加速を始めた。

大丈夫。

手も脚も震えてはいない。あの日の出来事がフラッシュバックすることもなかった。

中型車といっても、違うのは車の大きさだけだ。運転方法にほとんど差はない。片側二車線の広い道路を走っている限りは、とくに困ることもないだろう。

しばらく走ったところで、カーナビはバイパスと並行して走るハイウェイにのるよう指示を出してきた。

最寄のインターチェンジから進入し、本道に合流したところで、目的地までの距離を確認する。

タイムリミット内に到着するためには、時速八十キロ以上をキープすればよい計算だが、都心に近づけば近づくほど、また明け方近くになればなるほど、車の数は増えていくに違いない。場合によっては渋滞も考えられる。ハイウェイを下りたあと、一般道を十キロほど走らなければならないことも考慮に入れれば、今はできるだけスピードを上げて、距離を稼いでおく必要があった。

力いっぱいアクセルを踏み込む。スピードメーターの針は、一気に右へと振れた。

時速百三十キロを超えたところで、足もとに細かい振動が伝わり始め、百四十キロでハンドルが左右に暴れ出した。

「ちょっと、あんた。ヤケクソになってるんじゃないのかい?」

怯えた声が聞こえてくる。

もしかしたら、そうなのかもしれない。

カーブを曲がりきれず、ガードレールを突き破れば、車は大破――おそらく全員、生きてはいられないだろう。

だが、それでもいいと思った。

全身を蜂に刺され、苦しみもがきながら死んでいったジュン。

上半身を失って息絶えたポメラニアン。

顔中に無数の穴を空けて絶命した長谷部さん。

夢鴉の仕掛けた罠にはまって、あのような悲惨極まりない死に方をするくらいなら、全身を強打して即死したほうがまだマシだ。

「スマートフォンは今もまだネットに繋がっていますか?」

ものすごい速さで後ろへ流れていく外灯を眺めながら、僕は出せる限りの大声を張りあげた。

「はい……大丈夫ですけど」

少し間を置いて、ほのかから答えが返ってくる。

「では、僕たちの身になにが起こったかを、細かく書き綴《つづ》って、あなたの知り合いに送信してください。このまま事故死で処理されるのは、さすがにちょっと悔しいですから」

冗談めかした口調でそういうと、僕はさらにアクセルを踏み込んだ。

3

午前四時半。

まだ車外は闇に包まれたままだったが、真夜中に較べると、車の数は徐々に増え始めていた。

そのほとんどはトラックだ。僕はスピードを落とすことなく、ときには派手にクラクションを鳴らしながら、それらの大型車を追い抜いていった。

ルームミラーに目をやり、後部座席の二人の様子をうかがう。車のスピードは常に百四十キロを超えていたが、とくに怯えている様子も見られない。彼女たちもまた覚悟を決めていたのだろう。

夢鵺は僕たちの中にいる、と声高に主張したものの、こうして二人の表情を眺めていると、そんな自信は一気に揺らいでしまう。

「やっぱりそうだよ。みんな八月十五日の事故で繋がっていたんだ」

スマートフォンの画面に見入っていた神田さんが顔をあげ、興奮した口調で告げた。

「八月十五日の事故について、あれこれネットで調べていたんだけどさ、ついに見つけちまったよ。ほら、この記事を見てごらん」

そういって、隣のほのかにスマートフォンを押しつける。

「八月十五日午後一時五十分頃、西園寺ハルちゃん三歳が高校生の運転するバイクに撥《は》ねられる事故が発生。ハルちゃんは頭を強く打ってまもなく死亡した」

そこに記された記事を読み上げ、ほのかは大きな目をくりくりと動かした。

「……え？　西園寺ハルちゃんってもしかして」

「そうだよ。晴佳さんの亡くなった娘の名前だ。自分の不注意で子供を死なせてしまったと話していたし、同姓同名の別人だとは思えないだろう？」

「じゃあ、ハルちゃんをバイクで撥ねた高校生っていうのは……」

「きっと、矢口ジュンのことだろうね」

二人の会話を耳にして、僕の身体は激しく凍りついた。事故の起こった午後一時五十分は、ハイウェイで僕たちが事故に巻き込まれた時刻とほぼ一致する。

「だけどそれなら、この車の中で目を覚ましたとき、おたがいの素性に気づいたのではありませんか？」

「いや、死亡事故の加害者と被害者の家族だよ。しかも、一方は未成年だ。ジュンは謝罪したと話していたが、一度も顔を合わせていない可能性だって充分に考えられるだろう？　たとえ面識があったとしても、悲惨な事故の記憶なんて、できるだけ早く忘れたいものだよ。よく似ていると思ったかもしれないが、まさかそんなはずはないと無意識のうちに脳みそが拒否しちまった可能性もあるだろうね」

「矢口さんが事故のことを告白したとき、晴佳さんは熟睡していましたし……確かに、そういうこともあるかもしれませんね」

　ほのかは頷いた。

「でも、それってたまたま同じ日の同じ時刻に死亡事故があったってだけの話ですよね？　ふたつの事故に関連なんてなにもないと思いますけど……」

　彼女のいうとおりだった。僕たち六人の共通点はほぼ解明できたと思っていいだろう。しかし、ふたつの事故はまったくの別物だ。それらの事故と夢鵺の復讐劇がどう絡んでいるのかはよくわからない。

　夢鵺の真意についてあれこれ思いをめぐらせていると、突然目の前にオレンジ色の回転灯が見えた。

電光掲示板に〈通行止め〉の表示を確認する。十日ほど前から陸橋工事を続けており、この先の一区間は国道へと迂回しなければならないらしい。

次のインターチェンジで下りる必要があったが、しかしカーナビはそのまま直進するよう僕たちに指示を出していた。

なるほど、今度はその手できたか。

自然と笑みがこぼれる。

次から次へとよく考えつくものだ。

最大の非常事態だというのに、呑気に笑っている自分に驚いた。やはり、精神の回路がどこかいかれてしまったのかもしれない。

車線は規制され、次のインターチェンジで下りるよう誘導される。

だが、従うつもりはなかった。ルートをそれた途端、僕たちの車は爆発することとなる。

これまでのように戸惑うことも、ためらうこともなかった。誰にも相談することなく、時速百四十キロのスピードのまま、道をふさいでいたカラーコーンと矢印板をなぎ倒して直進する。

神田さんもほのかも、僕の無茶な行動に異を唱えたりはしなかった。ルームミラーの二人を見やる。神田さんは再び、スマートフォンの画面に見入っていた。ほのかは神田さんの身体に肩を寄せ、穏やかな表情でまぶたを閉じている。

目の前には、まっすぐな道が続いていた。

外灯が消えているため、先になにがあるかはよくわからなかった。頼りになるのはヘッドライトだけだ。

当然ながら、僕たち以外に車は一台も見当たらない。反対車線も同様だ。道の端は防音壁で覆われているため、街の明かりさえも見えることはなかった。闇の中をふわふわと漂っているような、奇妙な浮遊感にみぞおちのあたりがむずがゆくなる。

ほかに車はいないのだから、遠慮する必要なんてない。

僕はさらにスピードをあげた。フロントガラスがみしみしと軋んだ音を立てる。両手でしっかりハンドルを固定していなければ、まっすぐ走ることも困難だった。

突然、前方に車のヘッドライトが見えた。

いや——前方ではない。僕たちの走るハイウェイは数百メートル先で突然途切れていた。ハイウェイと並行して走るバイパスが、途切れた先に見えている。その高低差は軽く二十メートルを超えていた。このまま直進して陸橋から落ちれば、大惨事はまぬがれないだろう。

遠藤さんとほのかのどちらが夢鵺なのか、それはわからない。だが、彼――いや、彼女だ――は生き残った者たちをここで一気に片付けて、自らも命を絶つつもりでいるらしい。

道路の切断箇所まではあと数十メートル。いまさらブレーキをかけたところで、もう間に合わない。

切断された道の端には、落下防止の土嚢《どのう》が積み上げられていたが、このスピードで突っ込んでしまったら、なんの役にも立たないだろう。たとえ運よく停止することができたとしても、あとはタイムリミットを待つだけ。結局、死からまぬがれることはできない。

ならば、やれるだけのことをやってみるべきだ。

僕は覚悟を決めた。

歯をくいしばり、アクセルを限界まで踏み込む。

スピードメーターの針が時速百六十キロを示すと同時に、車は土嚢へ乗り上げた。

前輪が宙に浮く。その姿は、前脚を上げていななく暴れ馬のように見えたかもしれない。僕たちを乗せたワゴンは、そのままなにもない空間へと勢いよく飛び出した。

おそらく一瞬の出来事だったに違いない。しかし、僕にはそれが何十秒にも感じられた。

身体が宙に浮く。ヘッドライトの先に見えたものは右側が大きく欠けた月だった。

衝撃は一瞬だ。八月の事故のときがそうだった。全身に力を入れ、インパクトに備える。

次の瞬間、激しい振動が全身に襲いかかった。身体をかばう暇もない。ハンドルにあごをぶつける。口の中に血の味が広がった。

暴走したコーヒーカップのように、車体はぐるぐると回り、周囲に砂埃を撒き散らしながらようやく停止した。

唐突に静けさが訪れる。

しがみつくように握りしめていたハンドルから手を離し、僕はゆっくりと顔を上げた。

驚いたことに、僕はまだ生きていた。

窓の外には防音壁が見える。僕たちはアクション映画のワンシーンみたいに、切断された箇所を飛び越えて向こう側に渡ってしまったようだ。

ほのかたちは無事だろうか？

「大丈夫ですか？」

慌てて後ろを振り返ろうとした僕の首すじに冷たいものが押し当てられた。

「動かないで」

耳もとに神田さんの声が響く。

「少しでも動いたら、あんたを殺すからね」

彼女が本気だということは、その声色から充分に感じ取ることができた。

最終章　贖罪

1

幸福と不幸。チャンスとピンチ。光と影。

この世に起こる事象はすべて、プラスとマイナスの絶妙なバランスの上で成り立っている。

予期せぬ幸せを手に入れたときこそ、最大の危機が訪れていることを自覚しなければならない、となにかの漫画に描かれていたことを思い出した。

そう——奇跡が起こったと喜んでいた今こそ、僕はもっと周りに気を配らなければならなかったのだ。

「あんたが夢鵺だったんだね」

神田さんは僕に向かってそういった。

「……違います」

即座に否定する。僕が夢鴉でないことは、僕自身が一番よくわかっていた。

「もう嘘はたくさん。本当のことを話してもらえるかい？」

「嘘じゃありません」

僕の首すじには、長谷部さんの命を奪ったスタッズバンドが押し当てられていた。その破壊力は確認済みだ。神田さんが本気で力を加えれば、僕の頸動脈など簡単に破れてしまうだろう。

「こんな状態じゃ、弁明もできませんよ。まずはその物騒なものをどけてもらえませんか？」

彼女を刺激せぬようできるだけ穏やかにいったつもりだったが、神田さんの口調はますます刺々しいものに変わった。

「ダメだ。あんたには死んでもらうことにしたから」

「最大の難関を乗り越えたところだというのに、どうして？」

僕は早口で語った。

「後ろを振り返って、この車が飛び越えた場所をその目で確認してください。あんなところをジャンプして、誰一人怪我をしていないなんて、今もまだ信じられません。これはもう奇跡としか思えないでしょう？　夢鴉はあの場所でゲームを終わらせるつもりだったに違いありません」

　息を継ぎ、さらに言葉を紡ぐ。

「僕たちは夢鵺との勝負に打ち勝った。おそらく、この先にはもう罠もないはずです。夢鵺だって、まさかここまでのことは想定していなかったでしょうからね。あとは制限時間内にチェックポイントへたどり着くだけ。もしかしたら僕たち全員、助かるかもしれないんですよ」

　だが、神田さんはまるで聞く耳を持たなかった。

「感心するよ。よくもまあ、そこまでのでまかせを、顔色ひとつ変えずにいえるもんだね」

「でまかせじゃありません」

「なにをいったって、もう騙されないよ。あたしはここであんたを殺す。夢鵺が死んだところで、このドライブはようやっとおしまいだ」

「僕は夢鵺じゃありません」

「往生際が悪いね。いい加減、認めたらどうなんだい？」

　スタッズのピンが、僕の首にくい込んだ。軽いしびれと共に、首すじが火であぶられたみたいに熱くなる。

「……僕のことを夢鴉だと疑う根拠はなんです？」

「秋本舞衣」

将来を誓い合った彼女のフルネームを、神田さんは口にした。予期せぬ展開に息を呑み込む。動揺を隠そうと胸に手をやった。もうそれだけで充分な反応だったらしい。

「白状したも同然だよね？」

神田さんは冷たくいい放った。

「インターネットってヤツは便利なもんだね。ホントになんでもわかっちまうんだからさ」

「…………」

「八月十五日の事故で亡くなった被害者の素性も簡単に調べることができたよ。秋本舞衣――都内の食品会社に勤めるＯＬだ。その名前でネット検索を続けたら、今度は彼女のブログを見つけてね。過去にさかのぼって目を通していったら、驚いたことにあんたとのツーショット写真が何枚もアップされていたよ」

まぶたを閉じ、水に沈みそうな重い息を吐き出す。そこまで調べられてしまったなら、もういい逃れることはできなかった。

「八月十五日の事故に関わっていないっていうのは嘘。あの日、あたしと正面衝突した軽自動車――あれを運転していたのはあんただったんだね？」

僕は黙って頷いた。

「死んだのはあんたの恋人だった。殺したのはあたしだ。だから、事故に関わった人たちを殺そうと計画した。とくに、直接の加害者であるあたしのことは憎くて憎くて仕方ないんだろうね」

今度は首を小さく横に振る。

「この車に乗るまで、事故の詳細はなにも知りませんでした。聞くことをずっと拒否していたんです。説明を受けたところで、舞衣が帰ってくるわけではありませんでしたから」

そう口にした途端、鼻の付け根がじんと痛くなった。まぶたの奥がかっと熱くなる。

「長谷部さんや神田さんの話を聞いて、初めてお二人があの事故に関わっていたことを知ったんです。まったく恨んでいないといえば、それは嘘になりますけど、舞衣を死に追いやった張本人は、長谷部さんでも神田さんでもない――この僕です。あなたたちに復讐しようなんて考えるはずがありません」

後半は声が震えた。こぼれ落ちそうになる涙をぐっとこらえる。

「あんたが夢鵺でないというのなら、どうして事故のことをずっと黙っていたのさ？」

「話せるはずがないでしょう？　話せば僕が疑われることに――」

首すじに鋭い痛みが走った。反射的に左手を動かし、神田さんを払いのける。力の加減ができなかったため、僕の手の甲は、神田さんの横っ面を張り倒す形となった。

立ち上がり、自分の首に手を当てる。どろりとした生暖かい液体が手のひらに触れた。傷はさほど深くなかったが、鼓動に併せてずきずきと痛み始める。

「あああああっ！」

殴られたことで激昂したのか、神田さんは大声をあげて僕に飛びかかってきた。

とっさに彼女をよけ、後部座席へと移動する。神田さんはダッシュボードに身体をぶつけたが、ひるむことなくすぐに体勢を整え、僕のほうへと向きを変えた。

右手にはスタッズバンドを握りしめている。あれをまともに受けたら、大怪我はまぬがれないだろう。下手をすれば命を落とすことにもなりかねない。

「あたしたちの中に夢鵺がいるといったのはあんただろう？　ずっと真実を隠していたあんたが一番怪しいことくらい、子供にだってわかるよ！」

彼女の目は凄まじいほどに血走っていた。本気で僕を殺しかねない勢いだ。

僕は身構えると、じりじりと後ずさりを始めた。

「恋人が死んでしまったことには同情するよ。でも、だからって四人を殺す理由にはならないよね？」

「僕は殺していません」

「あたしはほかの人たちみたいに、むざむざ殺されるつもりはないから」

ダメだ。まったく会話にならない。

隙をついてスタッズバンドを奪い取ろうと考えたが、神田さんはまばたきひとつせずに、こちらを凝視したままゆっくりと近づいてくる。

「さあ、いますぐ爆弾を解除しな。これだけいろんな仕掛けがしてあるんだ。スイッチひとつで爆弾を止めることだってできるんだろう？」

「そんなことできませんよ。僕は夢鴉じゃないんですから」

「いつまでもしらを切るなら、仕方がない。あんたを殺したあとで、全身を隈なく調べることにするさ。きっと、どこかにコントローラーを隠し持っているんだろうからね」

「お願いですから、冷静になってください、神田さん」

どうすればいい？

彼女を落ち着かせる言葉を、僕は必死で探した。

「神田さんや長谷部さんはまだしも、僕にはジュン君や西園寺さんを殺す理由がないでしょう？」

「もうそんなことはどうだっていいよ。あんたを殺せば、あたしたちは助かるんだからさ！」

神田さんは床を強く蹴ると、機敏な動作で僕に飛びかかってきた。身体をひねり、寸でのところで彼女をよける。

勢いあまった彼女が突進した先に座っていたのは、ほのかだった。

2

小鹿に似たほのかの柔らかな瞳が、恐怖に大きく見開かれる。

次の瞬間、あたりに鮮血がほとばしった。

「……ああ」

右の脇腹に手を当てたほのかが小さなうめき声を漏らす。みるみるうちに顔から血の気が引いていくのがわかった。

シートからずれ落ち、床に仰向けで倒れこんだところで、彼女は動かなくなった。

「遠藤さん！」

ほのかのもとへ駆け寄ろうとした僕に、神田さんがスタッズバンドを向ける。

「動かないで！」

ほとんど悲鳴に近い声が響き渡った。

「あたしのせいじゃないからね。あんたがよけるから、こんなことになったんだ。あの事故だってそう。今回もそう。あたしは悪くない。全部、あんただ——あんたが悪いんだ！」

あたりに唾を撒き散らしながら、神田さんは大声でわめきちらした。その目はもはや、完全に正気を失っている。

「やめてください、神田さん。お願いだから、冷静になって——」

床にこぼれた血に足を滑らせ、僕はその場に尻餅をついた。そんな間抜けな男を見下ろし、神田さんはにやりと笑った。

「お願い。死んで」

そう口にして、右手を高く振り上げる。

もはや、どうすることもできなかった。

殺される！

腹をくくり、目を閉じようとした——そのときだ。

後部座席のウィンドウが、音を立てていっせいに開いた。冷たい北風が血なまぐさい空気を一気に押し出していく。

「なるほど。そういうことかい」

神田さんはゆっくりと右手を下ろした。

「人の命をなんとも思わないいかれた野郎でも、自分の命は惜しいってかい？　ようやく観念したようだね」

彼女は僕のほうへ凶器を向けたまま、開いたウィンドウに手をかけた。

「あたしがこの車から脱出するまで、絶対に動くんじゃないよ。いいね？」

僕が頷こうとしたそのとき、信じられないことが起こった。

ウィンドウがものすごい勢いで上昇する。

「……え？」

神田さんは手を離す暇もなかったようだ。

分厚い肉の塊を切り落としたような音が、周囲に響き渡った。

「ああああああああああっ！」

神田さんの悲鳴が轟く。彼女の左手からは、親指を除く四本の指が完全になくなっていた。

「痛いっ！　痛いっ！　痛いいいいいっ！」

彼女は悲痛な叫び声をあげながら、シートの上に倒れ込んだ。左手を押さえたまま、のた打ち回る。と、まるで暴れる獲物を取り押さえるかのように、シートベルトが彼女の身体に巻きついた。

「……嘘だろ？」

現実とは思えぬ光景に、僕は唖然とするしかなかった。

シートベルトは蛇のようにうねりながら神田さんの腹に巻きつくと、まるで意思を持っているみたいに、自分からバックルに結合した。

「なに？　なんなの？」

必死で起き上がろうとする神田さんを、そのまま容赦なく締めつけていく。

「ちょっとイヤだ。苦しい――苦しいってば」

彼女の顔から眼鏡がずれ落ちた。

「やめて――お願い。やめ」

神田さんのウエストがあり得ない細さにまで絞られていく。

「たすけ……」

声が止まった。その代わりに、肉と骨の砕ける音が車内に響き渡る。

口から胃液と血の入り混じった茶色い液体を吐き出しながら三度痙攣すると、そのまま彼女は完全に動かなくなってしまった。

「……なんだよ？」

僕の口からかすれた声が漏れる。

「なんなんだよ、これは？」

血の海に尻餅をついたまま、かぶりを振った。

これは夢だ。夢に決まっている。

ベッドの上で目覚めることを期待してまぶたを閉じたが、再び目を開けたときに見えた景色はなにひとつ変わらなかった。

タブレットが短いアラームを鳴らす。画面は、タイムリミットまであと一時間であることを報せていた。

チェックポイントまでの道のりはまだ相当長い。制限時間内にたどり着くことは、もはや不可能だろう。

結局、誰が夢鶉だったのだろう？

ぼんやりとした頭で考える。

……いや、そんなことはもうどうだっていい。

「舞衣。もう終わりにしていいよね？」

宙を仰ぎ、僕は呟いた。

「いい加減、疲れちゃったよ」

血にまみれた両手に視線を落とし、小さく笑う。

「みんな死んじゃった。勝負ごとはからっきしなのにさ、こういうときに限って最後の一人になっちゃうんだもんなあ。たまんないよ。自分の運の悪さはオリンピック級かもしれな――」

かすかに聞こえたうめき声に、ひとりごとを止める。仰向けで倒れていたほのかの右手がぴくりと動いた。どうやら、まだ生きているらしい。

「遠藤さん！」

慌てて立ち上がり、彼女のもとへ駆け寄る。

「大丈夫？」

頬に触れると、ほのかはわずかにまぶたを開いた。

「犬塚さん……」

彼女の唇が弱々しく動く。

「しゃべらなくていいよ。そのままゆっくりと呼吸をして。大丈夫——僕たちは絶対に助かるから」

自分でも呆れるくらいのでたらめを並べ立てながら、傷口を調べようと、彼女のブラウスに手をかける。

彼女の胸のポケットから、一辺が一センチにも満たないメモリカードのようなものがこぼれ落ちた。なんらかの精密機器なのか、むき出しの基盤が見える。

「……これは？」

二本の指でつまみあげた途端、運転席のウィンドウが開いた。

「え？」

驚いて右手を動かすと、今度はクラクションが鳴り響く。

「まさかこれって……」

ほのかの顔に視線を移す。

「ああ……とうとうばれちゃいましたね」

ほのかの口もとがわずかに緩んだ。

「この車に仕掛けた罠を作動させるためのコントローラーです。内部にジャイロセンサーが埋め込まれていて、動かす方向やスピードに応じて、五十種類以上の命令が送れるようになっています」

苦しそうにあえぎながら、それでも彼女はほっとしたような表情で続けた。

「そうです——私が夢鶉だったんです」

3

墨汁をぶちまけたように黒く染まっていた空気が、時を重ねるごとに少しずつ青くなっていく。

午前五時。夜明けは間近だった。

まだほんのりと体温の残る神田さんのシャツを裂き、ほのかの腹に巻きつける。

助手席のシートを深く倒し、そこへ彼女を寝かせると、僕はすぐに車を発進させた。

あれだけ派手なダイブを行なったのだ。果たしてまともに動くのかと不安だったけれども、エンジンは快調な音を立てている。タイヤの軸がわずかに曲がったらしく、ハンドルを左に切っていないとまっすぐ進まなかったが、それでも五十キロ程度のスピードなら容易に出すことができた。

「……どこへ行くつもりです？」

ほのかが首だけをこちらに向けて訊く。

「どれだけスピードをあげても、もうタイムリミットには間に合いませんよ」

「爆弾に繋がっている時限装置を無効にすることはできないのかい？」

「……残念ながらそれは無理です。時限装置を壊そうとすれば、その時点で爆発が起こるようセットしてありますから」

「ウィンドウの開閉はできるんだよね？」

「ええ……コントローラーを使えば」

「ドアは？」

「コントローラーで開閉可能です」

「だったら、外へ逃げ出すことはできるわけだ。七キロ先に救急病院がある。そこまで君を連れて行くよ」

「……なんのために？」

ほのかは面食らったような顔を見せた。

「君にはまだ死んでもらうわけにはいかないからね。どうして、こんな馬鹿げたことを行なったのか、君の口からちゃんと聞かせてもらわないと」

「そんなことくらいなら、今から話しますけど」

彼女はそう口にすると、まぶたを閉じて、静かに語り始めた。

「あの日……あれだけの渋滞がハイウェイ上で起こったのはなぜだと思います？」

「お盆休みの帰省ラッシュで、ただでさえ交通量の多いところに、あんな事故が起こったからだろう？」

「それだけじゃありません。同じ頃、ハイウェイの下を走る一般道でも死亡事故が起きていたんです」

「それってもしかして、西園寺さんの子供が亡くなった事故のこと？」

ほのかはこくりと頷いた。

「ほぼ同時刻に、ほとんど同じ場所で発生したふたつの死亡事故。そのせいで、ハイウェイも一般道も二時間以上に渡って通行止めとなりました」

「………」

「あのとき、事故現場付近を走っていた人たちは、一般道へ下りても先へ進むことができず、ずいぶんと苛立ったことでしょうね。……私もその一人でした」

通行止めのコーンをなぎ倒し、僕は本線へと車を合流させた。外はすっかり明るくなり、新しい一日の始まりを報せている。

インターチェンジから入ってきた軽トラックの運転手がぎょっとした表情をこちら

に向けた。あれだけの修羅場をくぐり抜けてきた車だ。たぶん、ボディはとんでもないことになっているのだろう。

「あの日……あたしは病院に向かって車を走らせていました……」

ほのかの告白は続いた。黙っていたほうがいい、と何度も忠告したのだが、まるで聞く耳を持たない。溜まっていた膿《うみ》を搾り出すかのように、彼女は言葉を吐き出した。

「私のお腹の中には赤ちゃんがいました。出産予定日はまだ二週間も先だったのに……買い物に向かう途中で急に産気づいてしまったんです」

肩で息をしながら、苦しそうに声を漏らす。

「家に戻るよりも病院へ向かったほうが早い――そう判断したことがそもそもの間違いでした。渋滞に阻まれて、前にも後ろにも動けなくなってしまって……とうとう我慢できなくなって、携帯電話で救急車を呼んだのですが、あれだけの渋滞ではどうすることもできず……結局、赤ちゃんは死んでしまいました……」

なにをいえばよいのか、僕にはわからなかった。どんな励ましの言葉も、ただ虚しく上滑りするだけだ。

前を走っていた車がハザードランプを点滅させて止まった。僕も慌ててブレーキを踏む。いつの間にやら、僕たちの前には何十台もの車が連なっていた。朝のラッシュにしては少々異常だ。

ラジオのスイッチを入れ、交通情報にチューニングを合わせる。その間も、ほのかの告白は続いた。

「赤ちゃんのお父さんは……六月に突然の心臓発作で亡くなりました。赤ちゃんがいたから……私は悲しみを乗り越えることができたんです。それなのに……どうしてこんなことに……」

二番目に訪れたチェックポイントを思い出す。夢鴉からのメッセージが立てかけられていた墓石には、今年の六月と八月に亡くなった者の名前が刻み込まれていた。おそらくあそこには、ほのかの愛した人とこの世に生まれ出た直後に死んでしまった彼女の子供が眠っているのだろう。

「病院のベッドで、赤ちゃんが死んだことを知って……もう二度と、あの人のDNAに触れることはできないんだとわかり、私は絶望のどん底に突き落とされました。今日まで生きてくることができたのは……あのとき渋滞を引き起こしたあなたたちに対する怒りの感情があったからです。それがなければ、とっくに命を絶っていたでしょう」

「…………」

「自分の犯した罪に気づかず、のほほんと生き続けるあなたたちが憎かった。渋滞に巻き込まれ、でもどうすることもできず、死の恐怖に怯えなければならなかった私……あなたたちにも同じ思いを味わってもらわなければ気がすまなかった。だから……」

五キロ先で事故発生、とハイウェイラジオが最新情報を伝える。

こんなときに、と僕は奥歯を噛んだ。事故さえ起きなければ、数分とかからぬうちに病院へ到着できたはずだ。ほのかが死んだらおまえのせいだぞ、と事故の当事者を恨まずにはいられない。

「あ――」

無意識のうちに声が漏れる。ほのかの感情も今なら理解できた。

八月十五日に起こったあの事故――最大の被害者は舞衣であり、彼女の恋人だった僕はもっとも哀れな人物だとこれまで信じて疑わなかった。しかし、事故に直接関わらない場所でも、大勢の人たちが事故に巻き込まれていたのだ。その中にはほのかのように人生を狂わされた者も大勢いただろう。事故の当事者に怒りの矛先が向くのは当然のことだった。

「みんなを殺して……最後に私も死ぬつもりだった。それで救われると思ったのに……昨日よりもずっと苦しいのはどうして？　あなたたちの怯える姿を見ても、心が晴れなかったのはどうして？」

ほのかの瞳から、涙がこぼれ落ちる。彼女が苦しそうに表情を歪めるたびに、長い黒髪は激しく乱れ動いた。

後部座席のタブレットがけたたましく警告音を発し始める。まもなく午前六時――タイムリミットだ。

しかし、渋滞した車の列はぴくりとも動かない。

ほのかの息は次第に弱くなっていく。腹部に巻いた止血帯代わりのシャツは真っ赤に染まり、そこから血が滴り落ちていた。急がなければ命に関わることは、目に見えて明らかだ。

「チクショー！」

力任せにクラクションを叩く。

「イヤだよ、もう。これ以上、誰かが死ぬ姿なんて見たくない。動け、動け、動け、動け」

呪文でも唱えるように、僕は同じ言葉を繰り返した。

「……あなたたちをひどい目に遭わせた張本人が死ぬだけでしょう？　むしろ、いい気味だと思わなくっちゃ」

ほのかがかすれた声で呟く。目はうっすらと開いていたが、もはや焦点はほとんど合っていない。

「思えないよ。僕だって……一瞬とはいえ、君と同じような殺意を抱いたんだから」

「……え？」

虚空を見据えたまま、彼女はわずかに首を傾けた。

「ハンドルに取りつけられた危険極まりないアクセサリーをはずしたのは、長谷部さんの身に危険が及ぶことを恐れたからじゃない。そのままだと、僕が長谷部さんを殺してしまいそうだったからだ。長谷部さんの後頭部をつかんで、ハンドルに叩きつけてやりたい衝動を抑えきれず……このままでは本当にやりかねないと自分自身が怖くなって……だから僕はあのアクセサリーをはずしたんだよ」

「あ……そうだったんだ」

彼女は肩を小さく動かした。

「私も……あなたみたいに強ければよかった……」

「強くなんかない。僕はただ逃げていただけだ。現実から逃れて、なにもかも忘れようとして……あの事故のときから、僕の時計は一秒たりとも動いていない。ずっと止まったままだった。ただの生きる屍だよ。遅かれ早かれ破滅していたと思う。復讐心を燃やすことで平常心を保とうとした君のほうが、ずっと強い心を持っていたんじゃないのかな」

「私たち……似た者同士だったのかもね」

彼女はそう呟くと、ブラウスのポケットに右手を差し込んだ。

ドアロックの解除される音が耳に届く。

「……タイムリミットまであと十分もないでしょう？　さあ、逃げて」

手もとのレバーを引くと、あれだけ固く閉ざされていたドアが簡単に開いた。

無言のまま、車から飛び降りる。

助手席を振り返ると、ほのかはほっとしたような表情を浮かべていた。

僕たちが乗っていたワゴンのボディは、もはや原型をとどめておらず、いたるところが激しくへこんでいた。塗装も剥げ落ち、スクラップ寸前の状態だ。動いているのが不思議なくらいだった。

二ヵ月前の記憶がよみがえる。

舞衣は弱々しい視線を僕に向け、最後の力をふりしぼって唇を動かした。

拓磨……今までありがとう……。

あの場面で、なぜ彼女が「ありがとう」などといったのか、僕にはまるで理解できなかった。

だが、今は違う。

最愛の人を助けられなかった愚かな自分を悔い、責め、ただ逃げ続けていただけの日々。それが亡くなった彼女に対する最大の侮辱であったことに、僕はようやく気がつく。

死んだらダメだ。

舞衣の分まで、僕は生きていかなくてはならない。

生きて、罪を償っていく。生きて、彼女の分まで人生を楽しんでいく――それこそが、これからの僕がやるべきことだった。

ほのかが弱々しく右手を上げる。僕は車の前を駆け抜けると、助手席のドアを引っ張った。

「……なに？」

彼女が驚いた表情をこちらに向ける。

「さっきも話しただろう？　君にも生き延びてもらう。生きて罪を償ってもらわなくっちゃ」

助手席から引きずり下ろした彼女を背負うと、僕は爆発寸前の車から離れた。

周囲に停まっている車のドアを叩き、この場をすぐに離れるよう警告しながら、路側帯を歩いていく

彼女のぬくもりが背中越しに伝わった。

四十九日前に触れた舞衣の肌の暖かさを思い出す。

同じ失敗は二度と繰り返さない。

渋滞の列を睨みつつ、一歩一歩確実に足を踏み出していく。

朝焼けの空を見上げた僕の心に、もう迷いはなかった。

本作は二〇一四年に当社より刊行された「ドライブ」を改題し、加筆及び訂正した新装版です。

本書はフィクションです。実際の人物や団体、地域とは一切関係ありません。

作家活動10周年! ――――

何なの、ここは……
撃っていい?
のウソで
全てが
れ落ちる!
ああ
ああ
ひっ……
がっ
がっ
んぐっ
LINEマンガ&
COMIC コロナ
CORONA
TOcomics
TOブックスが贈るWEBcomic
にて絶賛連載中!!

―――　二宮敦人、

悪鬼のウイルス
原作：二宮敦人　漫画：鈴丸れいじ
累計
50万部突破！
最後の医者シリーズ
著者が放つ衝撃のホラーサスペンス、
コミカライズ
1~2巻！
たった一度
人生の
崩
好評発売中！